„Gott segne unseren Strand“

Inhaltsverzeichnis

Die Figuren und Ereignisse
in diesem Roman sind erfunden.

Jede Ähnlichkeit mit lebenden Personen
ist rein zufällig.

Der Brand des Turmes
und der Bau des neuen Leuchtturmes
sind Geschichte.

Gott segne unseren Strand

Zum Ersten, zum Zweiten und... zum Dritten.
Eeneke wusste, das klischeehafte, dreimalige Klopfen mit dem Hammer auf dem Tisch, gab es nur im Fernsehen. Wie immer im richtigen Leben, war die Wirklichkeit anders. Auf diesen Tag hatte sie sich besonders vorbereitet, sie wusste Bescheid.
Vor gut zwei Jahren kamen die Gerüchte der Zahlungsunfähigkeit das erste Mal auf. Somit hatte sie genügend Zeit, sich um die Angelegenheit zu kümmern, sich zu informieren und vorzubereiten.
Sie wollte auf alle Fälle Genugtuung haben. Die Rache des kleinen Mannes sozusagen.
Nun war es endlich soweit.
Beklommenen Schrittes ging sie die Treppe hinauf, hängte ihre Jacke an die Garderobe, schüttete die üppigen roten Naturlocken, die sich widerspenstig um die Brillengläser kringelten und betrat den Sitzungssaal oben im Rathaus.
Schick und sportlich hatte sie sich für den heutigen Tag gekleidet, sie wusste, alle Augen würden auf sie gerichtet sein, einer Tatsache, der sie ins Auge blicken musste. Sie hasste es, im Mittelpunkt des Geschehens zu stehen, aber heute musste es leider sein. Der grüne Blazer mit der ausgefallenen Brosche passte bestens zu ihren roten Haaren und die schwarze Hose machte sie schlanker als sie war. Sie war sechzig und stolz darauf, wesentlich jugendlicher auszusehen. Durch die gute Luft, die sie ihr Leben lang genießen durfte, sowie ein leichtes Übergewicht, hatte sie praktisch keine Falten im Gesicht. Ihre grünen Augen, hatten die Frische der Jugend mit einem Schuss immerwähren-

der Energie behalten. Die spitze kleine Stupsnase war mit Sommersprossen übersäht, die sie als typische Rothaarige am ganzen Körper hatte.
Kampfeslust und wilde Entschlossenheit, aber auch Unsicherheit, spiegelten sich in ihrem Gesicht. Ich bin gekommen um abzurechnen, dachte sie und ging forschen Schrittes.
Als sie die knarrende hohe Tür öffnete, richteten sich alle Augen kurz auf sie. „Guten Morgen!“, sagte sie. Kaum einer erwiderte ihren Gruß. Wie ich es hasse, wenn kein Gruß erwidert wird, schoss es ihr durch den Kopf.
Sofort stieg ihr die schwere Duftwolke in die Nase, die im Raum hing. Man brauchte Berta nicht zu sehen, sie war überall zu riechen. Ihre Nachbarin hatte die Angewohnheit, Parfüm löffelweise über sich zu gießen. Vielleicht um von ihrer Figur abzulenken?
Der Stuhl, auf dem Berta saß, wurde komplett von ihr ausgefüllt. Ihre voluminösen Arme lagen auf den Stuhllehnen. Sie sah aus, wie eine einzige formlose Masse. Mehrere Ketten, viele davon echt, glitzerten auf ihrem gewaltigen Busen. Das Klimpern und Klirren ihrer Armbänder war deutlich zu hören. An jedem ihrer Finger blinkte ein wertvoller Ring. Sie wirkte wie ein aufgetakeltes Zirkuspferd.
„Noch vor ein paar Jahren war Berta eine attraktive Frau“, dachte Eeneke.
Sie suchte sich einen Stuhl an dem runden, länglichen Tisch, an dem etwa zwanzig Personen Platz hatten.
Berta saß ihr direkt gegenüber. Eeneke hatte genau den richtigen Platz gewählt, um das kommende Geschehen im Auge zu haben und die Reaktionen darauf zu sehen.
Bange Erwartung erfasste sie. Hatte sie sich ausreichend vorbereitet? Hatte sie auch nichts von dem vergessen, was sie in der letzten Zeit gelernt hatte? In den vergangenen

Monaten hatte sie jede nur erdenkliche Zwangsversteigerung besucht, um sich die Geschehnisse genau einzuprägen, damit sie ja keinen Fehler machte. Ihre Freundin neckte sie bereits deswegen.
„Was willst du auf diesen Zwangsversteigerungen? Brauchst du etwa noch ein Haus? Ich verstehe dich nicht, ich hätte mit deinem alten Kasten vollauf zu tun.“
Gerade ihrer besten Freundin Olli, deren richtiger Name eigentlich Trientje war, konnte sie nichts von ihrem Vorhaben erzählen. So schwer es ihr auch fiel, sie hatte keinen in ihre Pläne eingeweiht. Schon gar nicht Olli, denn diese konnte überhaupt nichts für sich behalten. Da konnte sie es gleich in die Zeitung gesetzt werden.

Da die Versteigerung noch nicht begonnen hatte, konnte Eeneke sich alle Anwesenden in Ruhe betrachten. Berta sah wirklich schlecht aus. Die Augen rot gerändert, hatten für heute ihren arroganten und überheblichen Ausdruck, mit dem sie sonst jeden beglückte, der unter ihrer Würde erschien, verloren.
„Ich hoffe, du hast sie dir rot geweint, meine Liebe!“, dachte Eeneke, dabei lächelte sie zuckersüß herüber, sichtlich über ihre eigene Hartherzigkeit erstaunt. Ein ganz neues und schwer definierbares Gefühl. Aber nicht unangenehm. Nein, das konnte man nicht sagen.
„Geschieht dir recht“, dachte Eeneke. Wie hieß es doch so schön, – wie du mir, so ich dir – ein blödes Sprichwort, aber im Moment sicherlich ganz passend. „Jetzt nicht weich werden, denk an all die Übeltaten, die sie dir zugefügt hat und an all die, von denen du bisher noch nichts weißt. Auf diesen Tag hast du lange gewartet. Also, kein Mitleid. Reiß dich zusammen. Es heißt, „Rache ist süß“. Wollen doch mal sehen, ob da etwas Wahres dran ist.“

Rainer Mase erhob sich von seinem Stuhl, flüsterte seiner Frau etwas ins Ohr und kam um den Tisch herum auf Eeneke zu.
„Willst du auch mal den Duft der großen weiten Welt schnuppern?“, meinte er selbstherrlich und breitete die Arme weltmännisch aus.
Eeneke roch nur abgestandene Büro- und Zigarettenluft. Der typische Amtsgebäudegeruch und natürlich die gewaltige Duftwolke, die fast alles übertünchte, dachte sie und schaute dabei Rainer harmlos aber schweigend ins Gesicht.
„Du wirst heute erleben, wie man auf elegante Weise sein Haus verkauft“, sagte er weiter großspurig.
Er meinte es wirklich ernst, was er sagte und glaubte es selbst.
Kann man sich wirklich so etwas einreden? Schließlich war allen bekannt, dass er und Berta es finanziell zu weit getrieben hatten und ihr Haus jetzt, hier und heute, unter den Hammer kam.
Eeneke gönnte ihm keine Antwort.
Rainer Mase drehte sich um und kehrte auf seinen Platz zurück.
Punkt elf Uhr:
Der vorsitzende Richter räusperte sich laut und eröffnete die Zwangsversteigerung. Ehrfurchtsvoll blickten alle ihn an.
„Als erstes verlese ich die Grundbucheintragungen“, sagte er im routinierten Tonfall, mit schnarrender Stimme.
„In Abteilung III, 102.800,00 DM zu 15 % Zinsen der Inselbank,
56.000,00 DM der Landesbank und 50.000,00 DM zu 12 % Zinsen wieder der Inselbank.
Der Verkehrswert beträgt 352.000,00 DM. Siebenzehntel hiervon sind 246.400,00 DM. Das Mindestgebot ist somit 246.400,00 DM.“

Für den unvorbereiteten Zuhörer waren all diese Daten verwirrend, doch durch intensive Vorbereitung verstand Eeneke, um was es ging. „Jetzt nur nicht an andere Dinge denken! Konzentriere dich!“, ermahnte sie sich. An Schreibblock und Stift hatte sie gedacht, sie lagen vor ihr auf dem Tisch. Sie notierte schnell: Ein halbes Graubrot, ein Topf Margarine...

„Sieht hoffentlich sehr wichtig aus, was ich hier aufschreibe“, dachte sie und blickte verstohlen mit gesenktem Kopf in die Runde.

Sie hatte Glück. Den Anwesenden erschien es, als notierte sie sich gewissenhaft alle notwendigen Angaben zur Versteigerung.

Dieses gehörte zum festen Bestandteil ihres Planes. Sie glaubte fast zu sehen, wie sich die Anwesenden den Kopf darüber zerbrachen, was Eeneke hier wohl zu suchen hatte. Ein Blick über ihre Brillengläser hinweg bestätigte ihren Eindruck. Rainer und Berta Mase hatten die Köpfe zusammengesteckt. Sie unterhielten sich ganz unverkennbar über sie. Hektische Flecken in Bertas Gesicht machten sich breit.

„Wie Sie alle wissen, ist zur gebotenen Summe eine 10%ige Sicherheitsleistung in bar vom Bieter sofort zu hinterlegen“, unterbrach der Richter ihre Gedanken. „Es sei denn, der Schuldner, also die Bank, verzichtet darauf. Natürlich reicht auch eine Bankbürgschaft oder ein Scheck der Landesbank“, fügte er hinzu.

Das war der einzige heikle Punkt in Eenekes Plan. Lange, sehr lange hatte sie darüber nachgedacht, wie sie diese Klippe umschiffen konnte. So einen hohen Bargeldbetrag konnte sie auf keinen Fall aufbringen und an eine Bankbürgschaft war gar nicht zu denken. Sollte sie aufgefordert werden, das Geld zu hinterlegen, wäre es sehr peinlich, wenn sie eingestehen musste, keines dabei zu haben. Eeneke versuchte ihre Nervosität zu unterdrücken.

„Es ist jetzt elf Uhr zehn, um zwölf Uhr zehn ist das Ende der Bieterstunde." Der Richter lehnte sich gelassen zurück und wühlte unaufhörlich in seinen Akten. Wahrscheinlich nur, um aus Langeweile etwas zu tun. Es herrschte Stille im Saal, nur das Knistern der Papiere des Richters war zu hören. Keiner wagte etwas zu sagen oder sich zu bewegen. Wie im Wartezimmer eines Arztes. Hier wurde etwas gehüstelt, dort ein Stuhl leicht gerückt, gelegentlich geflüstert. Eeneke wurde noch nervöser. Würde ihr Plan klappen, würde sie alle täuschen können? Sie hatte kalte Hände und drehte unruhig ihren Kugelschreiber. Ihr Gegenüber starrte böse aus dem Fenster, Ehemann Rainer starrte auch, aber unverschämt Eeneke an.
Jeder wartete darauf, dass jemand den Anfang zur Versteigerung machte, oder wenigsten etwas den Richter fragte. Die Zeit verrann.
„Schau nur weiter so unverschämt hämisch grinsend, Rainer Mase, noch heute wird dir das Lachen vergehen und du mich von einer anderen Seite kennen lernen", dachte Eeneke. „Ich werde dir eine Lektion erteilen, die du so schnell nicht vergessen wirst.
Dumm bin ich gewesen, mir all die Jahre von dir und Berta so vieles gefallen zu lassen." Eeneke atmete tief ein und hörte sich selber sagen: „Was muss ich machen, wenn ich das Haus ersteigern will?" So, nun war es heraus. Sie merkte, wie ihr das Blut in die Wangen stieg und das Herz bis zum Hals klopfte.
Rainer blickte auf, als habe ihn ein Pferd getreten und Berta schaute erst Eeneke, dann ihren Ehemann verzweifelt an. „Rainer, das kannst du nicht zulassen, dass diese, diese..."

Entsetzten und Ungläubigkeit standen in ihren Augen, sie flüsterte halblaut Beleidigungen und wirkte hysterisch. Rainer musste sie mit Gewalt auf den Stuhl drücken um sie zu beruhigen.
Der Richter nahm keine Rücksicht darauf. Er erläuterte Eeneke eingehend, was sie jetzt zu machen hatte.
Mit leicht zitternden Händen griff Eeneke in ihre Handtasche und holte zwei pralle Geldtaschen heraus. Solche, die es bei den Banken und Sparkassen gab. Sie legte sie vorsichtig auf den Tisch und öffnete die eine, um den Personalausweis herauszunehmen. Mit ebenso zittrigen Knien stand sie auf und ging zum Richter. Nach drei Schritten allerdings hielt sie inne, ging zu ihrem Platz zurück, um die beiden Taschen mitzunehmen.
Diesen Teil hatte sie immer wieder vor ihrem inneren Auge abspielen lassen. Jedermann musste der Ansicht sein, sie nähme die Geldtaschen an sich, damit sie kein anderer entwenden konnte. Richter Schramm notierte ihren Namen, die Adresse und das Mindestgebot.
Als Eeneke zu ihrem Platz zurückkehrte sagte er laut und deutlich: „Frau Eeneke van Dellen bietet Zweihunderttausend D-Mark“, wobei er die D-Mark betont in die Länge zog.
Die Blicke von gegenüber konnte Eeneke auf der Haut spüren, so hasserfüllt waren sie.
„Tja meine Lieben, die Schlacht ist eröffnet“, hätte sie am liebsten gesagt, lächelte statt dessen frech herüber.
Entspannt und zufrieden lehnte sie sich auf ihren Stuhl zurück. Das weiter folgende Schauspiel wollte sie genießen.
Der anwesende Vertreter der Gläubigerbank nickte Eeneke zu und teilte dem Richter mit, dass die Bank auf die Sicherheitssumme in diesem Fall verzichten würde. Eenekes Taschenspielertrick hat auch ihn getäuscht. Faszinierend, alle im Saal hatten sich vom Anblick einer einfachen Geldtasche

trügen lassen, sogar die Bank. Eeneke schenkte dem Banker zum Dank ihr schönstes Lächeln. Wenn der wüsste!
Durch Eenekes erstes Gebot fühlten sich auch andere im Saal ermutigt und brachten ihre Gebote. Nachdem alle Interessenten sich eingeschrieben hatten, war auch schon die Bieterstunde zu Ende und die eigentliche Zwangsversteigerung, wie man sie vom Fernsehen her kannte, jedoch leider ohne den obligatorischen Hammer, begann.
Die gebotenen Summen stiegen noch ein wenig. Eeneke interessierte dies wenig. Ihren Anteil an diesem Tag hatte sie gehabt. Das Haus wollte sie sowieso nicht, sie hatte mit ihrem Arbeit genug. Doch die empörten und entsetzten Gesichter ihrer Nachbarn hatte sie für einiges in den vergangenen Jahren entschädigen können. Sie schmunzelt zufrieden.
Ein älterer, ihr unbekannter Mann, der den Zuschlag für das Haus bekam, würde ihr ein willkommener neuer Nachbar sein. Denn, schlimmer als Ehepaar Mase konnte kein Mensch sein. Ein Blick auf seine Hände besagten Eeneke nur Gutes.
Eine Marotte, die sich durch ihre Familiengeschichte zog. Am Anblick der Hände eines ihnen unbekannten Menschen glaubten sie ersehen zu können, ob diese Person über einen guten oder schlechten Charakter verfügte. Getäuscht hatte Eeneke sich in dieser Spekulation noch nie. Eine Bestätigung der Glaubwürdigkeit für diese unerklärliche Fähigkeit. Jedoch konnte Eeneke niemandem beschreiben, wie es funktionierte. Es war nicht das, was man an Schlussfolgerungen von schmutzigen Händen, von rauen Arbeiterhänden oder solchen mit kleinen Wunden, wie oft bei Bauhandwerkern zu finden, hält. Das war nicht damit gemeint. Auch nicht, was von gepflegten Händen, oder welchen mit schwarzen Fingernägeln zu halten war.

Sie hatte oft versucht es zu erklären, traf jedoch selten auf Verständnis für dieses Phänomen. Es war eben ein Gefühl, dass ihr sagte, was sie von diesem Menschen zu halten hatte. Sicherlich war es am ehesten vergleichbar mit Horoskopen. Man glaubte eben daran, oder man ließ es bleiben.

Die Versteigerung war zu Ende und Eeneke nahm gelassen ihren Mantel und ging langsam die Treppe herunter. „Hätte nicht gedacht, dass sie sich so etwas leisten kann", hörte sie einen flüchtigen Bekannten sagen.
„...und dann das Gebot von der van Dellen, ich dachte, ich höre nicht richtig", sagte die unmögliche Irene Siemer, die alles und jeder zerreißen musste, laut oberhalb der Treppe. „Schleppt die doch das ganze Bargeld mit sich herum..."
Jetzt hatte die Siemer wieder etwas, worüber sie tagelang reden konnte. „Genieße diesen Tag", dachte Eeneke und begab sich gut gelaunt auf den Weg nach Hause.
Auf halber Wegstrecke hörte sie schnelle Schritte hinter sich.
„Entschuldigung", sagte der Fremde mit zaghafter, aber dunkler und angenehmer Stimme.
„Es tut mir leid, dass Sie das Haus nicht bekommen haben."
„Das macht nichts, ich wollte es sowieso nicht."
Der Mann war verständlicherweise leicht irritiert.
„Das verstehe ich nun leider nicht."
„Ich werde es Ihnen eines Tages erzählen", meinte Eeneke, „wir sind ja jetzt Nachbarn."
„Oh, das freut mich. Darf ich mich vorstellen, mein Name ist Jan Schol, ich würde Sie und das viele Geld gerne nach Hause begleiten, wenn es Ihnen recht ist."
Eeneke nickte. „Freut mich sehr. Ich bin Eeneke van Dellen, ich hoffe, Sie kommen mal auf eine Tasse Tee bei mir

herein.“ Zu Hause angelangt griff Eeneke in ihre Tasche und drückte Herrn Schol die prallen Geldtaschen in die Hand. „Achten Sie gut darauf“, lächelte sie verschmitzt, als sie sich das dumme Gesicht von ihm vorstellte, wenn er die Taschen öffnete. Prall gefüllt mit Überweisungsformularen, denn diese hatten genau die passende Größe von Geldscheinen.
Ohne eine Antwort abzuwarten, öffnete sie ihre Haustür und ging hinein.

Zwei Tage später, am frühen Abend, klopfte es an der Tür.
Vor ihr stand Jan Schol mit einem kleinen Blumenstrauß in der einen und dem Blumenpapier in der anderen Hand.
„Ich nehme Sie beim Wort. Auf eine Tasse Tee und auf gute Nachbarschaft!“, sagte er und überreichte schwungvoll den Strauß. „Ach ja, und hier Ihre Taschen. Ich habe Tränen gelacht, als ich hineinschaute. Ich glaube, das Bild, das sich andere auf dieser Insel von Ihnen machen, stimmt vorne und hinten nicht. Ich muss gestehen, ich habe bereits einige Erkundigungen über Sie eingezogen.“
„Kommen Sie herein, wir gehen in die Küche, da lässt es sich gemütlich plaudern.“
„Ich hoffe, Sie werden mir einiges über sich und Ihre Familie erzählen. Ich bin sehr neugierig Ihre Geschichte zu hören. Hier erzählt man sich so vieles und ich möchte gerne Ihre Version erfahren“, meinte er lächelnd, als Eeneke gerade mit kochendem Wasser die Teekanne ausspülte. Sie gab zwei Löffel Tee hinein und goss ihn mit kochendem Wasser auf, stellte die Teetassen mit blau-weißem Muster auf den Tisch, dazu das Stövchen mit dem Teelicht, Sahne und Kandis. Ohne zu fragen legte sie jedem ein großes Stück Kandis in die Tasse.

Nachdem der Tee seine Zeit gezogen hatte, knisterte es wohlig, als der heiße Tee über den Kandis gegossen wurde. In dem Moment, in dem das Sahnewölkchen auf dem Teespiegel erschien, blickte sie ihn an und fragte mit schelmischem Blick: „Haben Sie etwas Zeit mitgebracht? Schön! Dann erzähle ich Ihnen von mir, meinen Eltern und Großeltern. Außerdem haben Sie nach altem ostfriesischem Brauch ein Recht auf drei Tassen Tee und auch die brauchen ihre Zeit."
„Ich denke, das wird ein gemütlicher Abend. Bitte erzählen Sie."

Februar 1879

Die Tage wurden schon etwas länger und so stieg Feiko erst kurz vor 5 Uhr nachmittags leichten Schrittes die vielen Stufen des alten Leuchtturmes empor. Manchmal, wenn er an nichts anderes zu denken hatte, zählte er die Stufen, obwohl er ganz genau ihre Anzahl kannte.
Feiko war mit Intelligenz nicht allzu sehr gesegnet, doch hatte er seine Arbeit auf dem alten Turm in den letzten zwanzig Jahren zur Zufriedenheit aller geleistet.
Er hatte dunkles schwarzes Haar, was im ostfriesischen Raum selten zu finden war, braune Augen, eine lange, leicht gebogene Nase und trug einen eleganten kleinen Spitzbart.
Er war unverkennbar der Spross eines spanischen Seefahrers. Im Winter vor seiner Geburt strandete ein Kauffahrerschiff vor Borkumriff. Die überlebenden Schiffbrüchigen, darunter drei Spanier, blieben eine ganze Weile auf der Insel, da sie sich von den Strapazen und einer Lungenentzündung erholen mussten. Die toten Schiffbrüchigen wurden auf dem sogenannten „Drinkeldodenkarkhoff", dem Ertrunkenenfriedhof, namenlos verscharrt, wie es damals üblich war. Die Zeit, in der Schiffbrüchige allein wegen ihrer Bekleidung von verarmten Inselbewohnern erschlagen wurden, gehörten Gott sei Dank in die finstere Vergangenheit des vorigen Jahrhunderts.
Feikos Mutter behauptete zwar immer, das „dunkle" Aussehen stamme aus ihrer Fehntjer Verwandtschaft väterlicherseits, doch so richtig glauben wollte das keiner, es war so doch viel interessanter anderes anzunehmen, das ergab Gesprächsstoff für die langen Winterabende. Feiko war das Gerede egal.

Der Turm war hohl und so konnte Feiko von jeder Höhe der Treppe aus den ganzen Turm von innen betrachten. Heute war es sehr stürmisch draußen und das Holzgebälk gab der Turmkonstruktion nicht genug Steifigkeit, sodass er heute gewaltig schwankte. Oben angekommen knöpfte er seine Jacke auf. Ausziehen würde er sie erst später, wenn es in der Stube richtig warm geworden war. Wie jeden Abend kümmerte er sich um die Befeuerung des alten Turmes. Er war Leuchtturmwärter und hatte die dreidochtige Lampe die ganze Nacht in Brand zu halten. Das Löschwasser im großen Fass in der Ecke seiner Wärterstube war übergeschwappt. Aus Erfahrung wusste er, dass heute mindestens zehn bis elf Windstärken wehten.
Ihm war eisig kalt und darum wollte er sich sofort um den kleinen Torfofen kümmern, nachdem er die Turmlampe entzündet hatte.
Wohlige Wärme entwich nach geraumer Zeit dem kleinen Ofen und Feiko lehnte sich gemütlich auf seinem Stuhl zurück. Seit drei Jahren wurde jetzt schon darüber geredet, dass sie „seinen Turm" umbauen wollten. Das Leuchtfeuer war zu schwach, die Sichtweite des Lichts reichte für die anwachsende Schifffahrt nicht mehr aus.
In Gedanken hierüber versunken nahm er aus dem Augenwinkel eine kleine Bewegung wahr. „Mäuse", dachte er, „habt euch so weit hoch gewagt und findet hier doch nichts zu fressen." Er war tierlieb und überlegte bereits, ob er von seinem Abendbrot ein paar Krümel entbehren konnte. Da wieder! Hell und gelb.
Dann stieg ihm plötzlich dieser Geruch in die Nase. Brenzlig roch es in seiner Stube immer, aber diesmal war es doch stärker als üblich. Ehe er aufspringen konnte, schlugen auch schon die ersten größeren Flammen aus der Deckenkonstruktion, in der das Ofenrohr verschwand.

Die Decke und das umliegende Gebälk waren im Laufe der Jahre vollständig ausgedörrt und das Ofenrohr war verrostet, sodass die herausfliegenden Torffunken das Holz entzündet hatten.
Feiko war in Sekundenschnelle am Fass und versuchte mit dem kleinen Eimer die Flammen zu löschen.
Er hatte schon so viel Wasser ausgeschöpft, dass er sich kopfüber ins Fass beugen musste um an weiteres Wasser heranzukommen. „So geht das nicht", dachte er und warf einen besorgten Blick in die andere Ecke seiner Stube, auf den halben Zentner Rüböl, der hier zum Betrieb des Leuchtfeuers gelagert wurde.
Das würde dem Feuer kräftig Nahrung bieten. Feiko griff sich aus dem Werkzeugkasten ein Stemmeisen und fing an die Deckenplanken aufzubrechen. Doch das war ein Fehler. Der starke Nordostwind hatte jetzt freien Zugang zu den Flammen und ein gewaltiges Prasseln dröhnte in seinen Ohren. Wild schlug er mit seiner Jacke um sich, die er mit der rechten Hand ergriffen hatte. Sein Ärmel fing bereits an zu scheelen und im beißenden Qualm musste er teilweise die Augen schließen. Ein Holzsplitter drang ihm tief in die Hand und Blut lief den Ellenbogen herunter, doch in seiner Angst hatte er es gar nicht wahrgenommen. Laute Stimmen waren hinter ihm zu hören. Jemand zog mit aller Gewalt an ihm und versuchte, ihn aus der Wärterstube zu zerren. Er hatte gar nicht mitbekommen, dass mittlerweile drei weitere Männer neben ihm standen und versuchten, die Flammen zu bekämpfen. Es war sinnlos. Klaas, sein Nachbar schrie ihm ins Ohr: „Nur raus hier wir können doch nichts mehr retten. Seht zu, dass ihr rauskommt!"
Gemeinsam stürzten sie die Treppen hinunter. Durch das offene Treppenhaus fiel Funkenregen an ihnen vorbei und auf ihre Köpfe. Einer der Männer fing laut an zu schreien

und sie hatten das Gefühl, durch diesen ins Mark gehenden Schrei noch schneller vorwärts getrieben zu werden. Nie in seinem Leben hatte Feiko diese Strecke so schnell geschafft, jetzt aber flog er praktisch über die Stufen.
Unten stand die Tür offen. Die dadurch entstandene Sogwirkung lies das Feuer gigantische Ausmaße annehmen. Der Turm war jetzt zu einer riesigen Fackel geworden. Keine Macht der Welt konnte dieses Feuer löschen.
Dröhnend fiel das Gebälk in sich zusammen und stürzte mit Getöse nach unten. Der zerstörte Leuchtapparat und die Laternenkuppel stürzten ebenfalls in die Tiefe. Die Männer machten einen Satz zur Seite und schon waren sie draußen. Hier schlug ihnen der nasskalte Wind ins Gesicht und Schneeregen löschte die schwelenden Haare. Sie merkten es kaum. Wie durch ein Wunder war niemand ernstlich verletzt.
Das Öl, das in der Grube im Boden des Turmes aufgewahrt wurde, entzündete sich mit einem Aufpuffen und Flammen schlugen für einen Moment aus der Tür heraus, bevor sie durch den Wind nach oben gedrückt wurden.
Das halbe Dorf war versammelt und starrte fassungslos auf die Flammen. Funken und brennende Holzstücke wurden weit über die Dächer des Ortes getragen. Viele schauten verängstigt in Richtung ihrer eigenen Häuser, doch der immer stärker werdende Schneeregen verhinderte, dass die Funken anderswo Fuß fassen konnten.
Feiko stand etwas abseits, mit Tränen in den Augen und mit zitterndem Knien. Der Wind trug sein Schniefen fort, sodass es keiner hörte. Der alte Leuchtturm prägte seit dreihundert Jahren das Ortsbild ihrer Insel. Darum haben in dieser Nacht viele Insulaner Tränen auf den Wangen, weshalb sie Feikos wahrscheinlich gar nicht bemerkten. Klaas stellte sich neben ihn. Gemeinsam starrten sie in die Flammen.

Seit die Männer zur Tür herausgestürzt waren hatte keiner ein Wort gesprochen. Klaas legte ihm freundschaftlich den Arm um die Schulter. Ihre nassen Gesichter glänzten im Feuerschein. Der Schnee, der mittlerweile fast waagerecht aus Nordost heranwehte, lies sie erschaudern.

Athe und Fenna Kivit standen Hand in Hand und blickten ungläubig in das Feuer. Neben ihnen ihr zehnjähriger Sohn Hidde. Athe war ein waschechter Borkumer Junge, der als viertes Kind von insgesamt sechs Geschwistern auf der Insel geboren wurde. Sein Geburtszimmer lag im Ostlandhof und wie der Name schon sagte, im Osten der Insel gelegen, den sein Vater betrieb. Da Athe nicht der Erstgeborene war, hatte er keinen Anspruch auf den Hof. Er erlernte das Handwerk des Tischlers und des Maurers und lebte seit der Hochzeit mit Fenna in deren Haus. Bei ihrer Eheschließung war Athe bereits fünfunddreißig Jahre alt. Seine junge Frau kannte er von Kindesbeinen an, was, wenn man auf einem knapp begrenzten Raum wie einer Insel lebte, ganz normal war. Er hatte sie immer gemocht. Sie war ein aufgewecktes Kind, fröhlich und selbstbewusst. Als sie fünfzehn war verliebte er sich in sie. Mit seiner Werbung um das so viele Jahre jüngere Mädchen ließ er sich lange Zeit, ging zart und behutsam mit Fenna um. Als sie achtzehn wurde, gab sie ihm endlich ihr Jawort.
Sie standen lange nebeneinander, die Finger ineinander verschlungen. Das Feuer brachte ihre Wangen zum Glühen, wie alle Einwohner der Insel waren auch sie fassungslos. Fenna fand als erste die Sprache wieder. „Es war nicht Feikos Schuld“, sagte sie in fester Überzeugung. „Doch wie ich ihn kenne, wird er sich die größten Vorwürfe machen. Er ist so ein großer Kindskopf. Wir werden uns um ihn kümmern müssen.“ Sie drückte die Hand ihres Mannes

fester. „Athe, lass uns nach Hause gehen. Du musst heute noch einen Brief schreiben."
„Warum das?", fragte er.
„Nun, der alte Turm brennt lichterloh, da ist nichts mehr zu retten."
„Und?" Athe wollte noch nicht nach Hause. Es war schwer, sich vom Anblick des gewaltigen Feuers zu lösen. Vielleicht war noch irgendwas zu retten, doch er sah selbst, dass dieser Gedanke völlig überflüssig war.
„Lass uns gehen", drängte Fenna.
„Hmm?", brummte er.
„Was meinst du, was jetzt geschieht."
„Ich weiß wirklich nicht, was du meinst! Was soll geschehen, erst einmal nichts." Er schaute fragend in ihr hell erleuchtetes Gesicht.
„Sie werden nun endlich einen neuen Turm bauen müssen. Du weißt doch, seit Jahren wird schon darüber gesprochen, weil der alte Turm eben zu niedrig ist. Bisher haben sie es immer aufschieben können, weil ja der alte Turm recht gut funktionierte. Doch nun sieht es etwas anders aus. Ein neuer Turm muss her! Und dreimal darfst du raten, wer diesen Turm bauen wird!"
„Wer?", fragte Athe, der seine Frau immer noch nicht richtig verstand.
„Na, dein alter Freund Jan Bott."
„Wie kommst du auf Jan Bott?"
„Er hat vor kurzem erst den Turm auf Norderney gebaut, also wird er auch den auf Borkum bauen."
Wo sie recht hat, hat sie recht, dachte Athe und wunderte sich nicht das erste Mal über die verzwickten Hirnwindungen seiner Frau. Er liebte und hasste es gleichermaßen, wie sie es immer fertig brachte, sofort beim Eintritt von Katastrophen darin Fügungen und Vorteile für die Zukunft zu sehen.

Nie war sie pessimistisch. „Auch im Unglück liegt oft das Glück“, war ihre Devise.
Athe seufzte, hakte sich bei Fenna unter und nahm Sohn Hidde an die Hand, der sich nur ungern von dem großen Feuer losreißen lies. Gemeinsam machten sie sich auf den Weg nach Hause.
Fenna drängte darauf, den Brief noch heute zu schreiben, dann konnte er morgen mit dem Schiff nach Emden abgehen. Schließlich gab es im Winter nicht jeden Tag eine Schiffsverbindung zum Festland.
Bewerbungen hatte Athe in scinem Leben noch keine geschrieben. „Ich hasse es, mich bei anderen Leuten biedern zu müssen“, sagte er, ein letzter Versuch, sich vor dem lästigen Schreibkram zu drücken. „Ich bin schließlich ein guter Tischler und Maurer. Ich kann exzellente Arbeiten vorweisen und Jan weiß das. Ich hoffe, er wird sich daran erinnern.“
„Aber nicht, wenn du ihn nicht darauf hinweißt. Du kennst ihn doch.“ Mit diesem letzten Hinweis, Papier und Stift demonstrativ vor ihn hinlegend, ließ sie ihren Mann allein.
In der warmen Küche, die Ellenbogen auf den Tisch gestützt, das Gesicht in den Handflächen liegend, betrachtete Athe das vor ihm liegende Papier. „Wie fängt man so einen Brief an?“, fragte er in die leere Küche und stierte dann an die Wand. Alles, was hier im Raum stand, hatte er selbst gemacht. Als sie das Haus vor Jahren von Fennas Vater erbten, war es alt und abgewirtschaftet gewesen. Fenna liebte den alten Stil und so hatten sie eine Wand mit blau-weißen Delfter Kacheln belassen. Davor stand ein Spültisch mit der Wasserpumpe und einer Pütte darunter. Über den Fliesen hatte er ihr aus Holz Regale an der Wand gezimmert, auf denen sich die Küchenutensilien stapelten. Der ganze Raum war weiß getüncht und die freiliegenden

Deckenbalken hatten das gleiche Blau bekommen wie der Küchenschrank, der Tisch und die Stühle. Da sie sich bisher keine Fliesen für den Fußboden leisten konnten, wurde alles in Holz belassen und unter dem Tisch mit einem alten Teppich gegen die Fußkälte belegt. Der Küchenofen mit seinen dicken eisernen Füßen strahlte eine wohlige Wärme aus. Der Wasserkessel summte leise vor sich hin. An allen Borten, im Küchenschrank und an den Fenstern hatte Fenna ihre selbstgehäkelten Spitzen aufgehängt, für die Athe wenig Sympathie hegte. Die Bettpfanne an der Wand war ein Geschenk seiner Großmutter. Das Messing funkelte im Lampenlicht.
„Wir haben es sehr gemütlich und es geht uns gut", dachte Athe und um das halten oder sogar verbessern zu können, wäre eine neue Arbeit, bei der ich mehr verdienen kann, nicht schlecht. Vorarbeiter bei einem riesigen Neubau, das wäre doch was. Fenna hatte wieder einmal Recht, sie war nicht nur praktisch, sie kannte auch die geheimen Wünsche ihres Mannes genau, schon bevor er sich ihrer selbst bewusst war. Es war gut, sich schnellsten an Jan Bott, Bauunternehmer aus der Stadt Leer, zu wenden, ehe es ein anderer tat.
„...ergebenst,
Athe Kivit".
Das wäre geschafft.

Der Wind aus Nordost war zur Mittagszeit bereits auf eine Stärke von 7 bis 8 Windstärken angestiegen, das sind zwischen vierzehn und zwanzig Meter in der Sekunde. Das bedeutete für jeden Borkumer, der die Zeit dafür erübrigen konnte, sich an den Strand zu begeben. Bei diesen Winden war immer damit zu rechnen, dass irgendetwas antrieb, was man verwenden konnte. Meistens handelte es sich um Treibholz, das größtenteils zum Heizen und

Kochen verwendet wurde. Bessere Holzstücke konnten zu allem Brauchbaren verarbeitet werden, wie zum Beispiel zu Möbeln.
Strandabsuchen war eine wichtige zusätzliche Einnahmequelle, denn Brennholz und Kohle waren teuer. Ab und an hatte man Glück und fand noch andere Dinge, die gut zu verwenden waren.
Dirk hatte sich bereits kurz nach dem Mittagessen auf den Weg gemacht. Da er ein großgewachsener und kräftiger Mann war, verfügte er über einen riesigen Handwagen, den er sich selbst gebaut hatte und der vollbeladen von anderen nur mit Mühe gezogen werden konnte.
Jetzt war er seit zwei Stunden unterwegs und hatte erst die Hälfte seines Handwagens mit Treibholz gefüllt. „Doch kein so guter Tag wie erwartet“, dachte er mürrisch und schaute aufs graue Meer hinaus. Weit und breit war nichts als tosendes Wasser zu erblicken. Von Minute zu Minute wurde es dunkler und verhangener. „Wäre auch zu schön gewesen, sollte gerade jetzt eine wertvolle Deckladung über Bord gehen und gerade hier bei mir antreiben.“ Direkt vor die Füße sozusagen. Solch einen Dusel hatte nur der Willem, dachte er neidisch. Der hatte im letzten Winter ein 50 Liter Fass mit bestem Portwein am Strand gefunden. Gutherzig wie Willem nun einmal war, hatte er gleich an Ort und Stelle das Fass geöffnet und mit den anderen redlich geteilt. „Man war das eine riesige Sauferei“, murmelte Dirk halblaut vor sich hin und ärgerte ich immer noch, dass er dieses Fass nicht selbst gefunden hatte. Mit dem Inhalt wäre Dirk sicherlich einige Wochen hingekommen, denn gratis den Nachbarn etwas abzugeben, lag nicht in seiner Natur.
Drei Tage hatte er damals Kopfschmerzen gehabt, so toll und voll hatte er sich betrunken.
Schwarze Wolken hingen über dem Meer, der Wind peitschte

ihm senkrecht ins Gesicht, die Ohren konnte er schon gar nicht mehr spüren, so kalt waren sie.
Obwohl in seinem dicksten Wollpullover, den fürchterlich kratzenden Wollschal zweimal um den Hals gewickelt und die Öljacke dicht verschlossen, wurde ihm jetzt kalt und er entschloss sich, umzukehren. Ausnahmsweise war er seiner Mutter mal dankbar, dass sie ihn immer drängte, sein „Borstruntje", ein wollenes Unterhemd, anzuziehen.
Jetzt war es schon fast ganz dunkel und die Flut setzte ein. Trotzdem entschloss er sich, auf dem Rückweg noch einmal an der Wasserkante entlang zu gehen, anstatt abzukürzen und direkt auf die Dünen zuzuhalten.
Er schritt kräftig aus, als er mit dem linken Rad seines Handwagens an etwas hängen blieb. Vor sich hinfluchend bückte er sich, konnte jedoch nicht sofort feststellen, was ihn behinderte, da die Dunkelheit ihn einschloss. Wütend streifte er einen Handschuh ab. Das Etwas war weich und nass und unverkennbar handelte es sich um einen Menschen.
Ein Bein war verdreht, er lag auf dem Bauch und auch die Arme hatten eine unnatürliche Haltung.
„So ein Mist", fluchte er laut. Auf einen Toten zu treffen, damit hatte er nicht gerechnet. Sicher, ertrunkene Seeleute wurden hin und wieder an den Strand geschwemmt, doch dass ausgerechnet er einen finden musste, war ihm sehr unangenehm.
Bei näherer Betrachtung jedoch stellte Dirk fest: er hatte einen guten Fund gemacht. Die Stiefel die der Mann trug, schienen neu und wertvoll zu sein. Die Tuchhose und Tuchjacke waren von bester Qualität. Eine, die Dirk sich bisher in seinem Leben nicht hatte leisten können. In der ersten Jackentasche die er durchsuchte fand er eine Taschenuhr und eine Geldbörse, die er gleich in seine eigene Tasche steckte.

„Gott segne unseren Strand!“, murmelte er zufrieden. Stimmen aus der Dunkelheit hinter ihm erschreckten ihn. Er packte den Mann und warf ihn auf den Holzstapel in seinem Handwagen.
Dem Mann entwich ein qualvolles Stöhnen beim Aufschlagen. Dirk lief ein kalter Schauer über den Rücken, er dachte an all die Schauergeschichten, in denen auch Toten noch Geräusche entwichen. Wohlmöglich war der Mann gar nicht tot, dachte er und eilte mit dem Wagen davon, denn er war nicht gewillt, seine Beute zu teilen.
„Was mache ich nur mit dem Mann?“ Hier am Strand ausziehen und liegen lassen war zu gefährlich, die anderen könnten kommen und stören. Und wenn er doch noch lebte? Was war, wenn er erwachte und sich wehrte? Nein, beruhigte er sich, der Mann muss total unterkühlt sein, das Wasser hatte eine Temperatur von 5° C. Es fror zwar nicht, aber durch die nasse Bekleidung und den starken Wind musste der Mann Temperaturen fühlen, die sich unter dem Gefrierpunkt befanden.
Nein, überall am Strand konnte er entdeckt werden, auch wenn ihn die Dunkelheit ein wenig schützte, konnte doch aus dem Nichts jemand auftauchen, wie gerade eben die Stimmen. Der Strand war sicherlich noch voll von Borkumern, die, wie er, auf dem Weg nach Hause waren und die Gefahr entdeckt zu werden groß.
Eigentlich müsste er den Mann beim Doktor abliefern, doch die Gier nach den Sachen, die er bei sich trug, ließ Dirk Mitgefühl und Hilfsbereitschaft vergessen. Aber was hieß vergessen, diese Gefühle waren ihm sowieso fremd. Der Mann würde ohnehin an Unterkühlung sterben und dann hätte niemand etwas davon.
Ich werde ihn irgendwo verstecken, seine Sachen mitnehmen und mich schnell verdrücken, dachte Dirk.

Er hielt kurz an, um dem Bewusstlosen mit seinem Taschentuch den Mund zu knebeln. Sollte er ihn auch noch fesseln? Nein, dazu war keine Zeit und die Bänder zum Holzfestzurren lagen unten im Handwagen, also schwer erreichbar.
Der Knebel war wichtig, denn sollte der Mann aus seiner Bewusstlosigkeit erwachen, darf er auf keinen Fall schreien können. Und sollte er sich wehren, würde Dirk ihn kurzerhand niederschlagen.
Unter großer Anstrengung wuchtete Dirk Mase den Wagen durch weichen Sand über die Dünen hinweg. Aus Angst entdeckt zu werden, nahm er nicht die Trampelpfade, sondern ging querfeldein. Die Wagenspuren würde der Wind in wenigen Minuten beseitigt haben. Jetzt war er im Dorf angekommen und musste nur noch den alten Turm umrunden und den kurzen Weg zur Scheune des alten Aggen zurücklegen, in der er den Mann liegen lassen wollte.
Sicherlich würde man sich am kommenden Morgen über den nackten, verwundeten Fremden den Kopf zerbrechen. Doch solange Dirk nicht gesehen wurde, konnte man ihm nichts beweisen.
Da, wieder Stimmen aus der Dunkelheit. Wenn sie ihn jetzt entdeckten, könnte er immer noch behaupten, den Mann zum Arzt bringen zu wollen. Doch dann schaffte er es gerade noch den Bewusstlosen auf seine Schultern zu heben, die wenigen Stufen zur Eingangstür zurückzulegen und leise die schwere Holztür hinter sich schließen. „Auch nicht schlecht“, dachte Dirk, als er sich mit seiner Last im alten Turm wiederfand. Hinter den Fässern mit Rüböl würde er sicherlich nicht vor morgen gefunden werden. Er wuchtete den Mann brutal dazwischen. Schnell entkleidete er ihn und konnte unerkannt mit seinem Diebesgut den Turm wieder verlassen.

Den Besitz der Stiefel, der teuren Kleidung, Taschenuhr und des Geldes würde er zu gegebener Zeit schon irgendwie erklären können, da machte er sich jetzt noch keine Gedanken. Fürs erste würde er sie in seiner Kammer verstecken.
Fast schon zu Hause angekommen stellte er fest, dass er seinen Handwagen am Turm stehen gelassen hatte.
Dieser stand noch an der selben Stelle, als er zurückkam. Erleichtert, mit ausgreifenden großen Schritten ging Dirk zufrieden nach Hause.
Die Taschenuhr lag jetzt auf seinem Bett. Dirk verstand nicht viel davon, aber dass sie aus Gold war, sah auch er. Sie lag schwer in der Hand und hatte eine auffällige Gravur. In einer Zierknotenumrandung sah er die Buchstaben MS auf der Rückseite der Uhr. Als er den Deckel aufdrückte stand dort: „Für geleistete Dienste auf der Cutty Sark". Jedem Menschen an der Küste war die Cutty Sark ein Begriff und jeder würde Hochachtung empfinden vor dem Besitzer dieser Uhr, doch Dirk war auch dieses Gefühl fremd.

Die „Cutty Sark" war ein Dreimast-Vollschiff, ein berühmter Teeklipper von 948 BRT, das vor etwa zehn Jahren in England gebaut wurde. Jeder Seemann würde vor Ehre platzen, einmal auf diesem Schiff gefahren zu sein, da es Rekordreisen nach China und Wollfahrten nach Australien machte. Als Galionsfigur führte sie die Hexe Nannie in einem kurzen schottischem Hemd, eben dem „Cutty Sark". Auch diese Figur war unter der Inschrift im Uhrdeckel zu erkennen.
Dass er sich mit dieser Uhr nirgends blicken lassen durfte, ging Dirk gegen den Strich. Gern hätte er mit der goldenen Uhr vor den Mädchen geprahlt. Er steckte sie vorerst in die Hosentasche. Später würde er ein verlässlicheres Versteck dafür finden müssen. Sicherlich konnte er sie eines Tages

zu Geld machen, aber vorerst musste er abwarten. Obwohl Dirk große Füße hatte, passten ihm die Stiefel des Unbekannten, doch Hose und Jacke waren zu klein. Einen Teil des Geldes – soviel hatte Dirk noch nie gesehen – steckte er gleich in die Tasche. Die restlichen Sachen verstaute er unter seinem Bett.

Plötzlich musste er kräftig niesen. „Bleibt nicht aus bei diesem Wetter“, murmelte er noch, als es ihm siedendheiß den Rücken herunterlief und der Magen sich zusammenkrampfte. Ihm wurde plötzlich klar, er hatte sein Taschentuch nicht mehr.

Ein Fremder lag halbnackt und geknebelt im alten Turm und das Taschentuch in seinem Mund trug Dirks Namen, den seine Mutter in all seine Wäsche stickte, weil sie es elegant fand. Dirk hatte diese Stickerei schon immer gehasst und jetzt schien sie ihm zu Verhängnis zu werden. Im Laufschritt drückte er sich durch die dunklen Gassen.

Bereits von weitem konnte er den hellen Lichtschein sehen. Als er endlich am Turm ankam, schlugen bereits gewaltige Flammen oben heraus. Das Gebäude sah aus wie eine riesige Fackel. Schreiend und stoßend kamen unten die Männer aus der Turmtür gestürmt. Dirk konnte Feiko erkennen und wollte ihm gerade von dem Fremden erzählen, um ihn zurückzuschicken.

Kurz bevor er ihn erreichte hielt er inne. „Was mache ich da?“, dachte er. „Etwas besseres kann mir doch gar nicht passieren. Alle Beweise für meine Tat und der Fremde werden nach diesem gewaltigen Feuer vernichtet sein.“

Zufrieden steckte er die Hände in die Hosentaschen und gesellte sich zu den anderen Schaulustigen, die sich eingefunden hatten. Sein Blick fiel auf Fenna und seine Augen glühten – nicht nur vom Feuerschein!

April 1879

„So geht das nicht weiter, wir kommen nicht voran. Die Pferde schaffen es nicht, in der kurzen Zeit die vielen Steine, Mörtel, Bauholz und alles weitere an die Baustelle zu transportieren." Athe ließ resigniert die Arme hängen.
„Wie wäre es mit mehr Pferden und mehr Wagen?", fragte Jan Bott seinen Vorarbeiter.
„Wo sollen die noch Platz haben, es sind jetzt schon zu viele Tiere für die wenigen Weiden auf der Insel. Das Gras ist noch so spärlich, dass wir auch das Futter mit den Schiffen herüberschaffen müssen", meinte Athe und wies mit der Hand auf die Wagen.
„Die Straße ist zu sandig, die Wagen können nur halb beladen werden. Die Pferde schaffen es nicht sie zu ziehen. Außerdem bleiben wir ständig mit den Rädern in irgendwelchen Sandlöchern stecken. Es ist zum aus der Haut fahren."
„Lass dir was einfallen, Athe", sagte Jan Bott. Er ging gerne den Weg des geringsten Widerstandes und schob die Verantwortung ab. „Wozu habe ich einen Insulaner angestellt, der mit den hiesigen Problemen vertraut ist?" Mit diesen Worten drehte er sich um und ließ Athe stehen.
Das war wieder einmal typisch Jan Bott. Als einziger Sohn war er in der Firma seines Vaters immer der Kronprinz gewesen. Verhätschelt und vertätschelt wurde ihm bis heute jedes Problem vom Vater oder einem seiner Mitarbeiter abgenommen. Wer nie Verantwortung übernahm, machte keine Fehler. Das wiederum führte zu der Einstellung, er wäre der Beste seines Faches. Dabei merkte er nicht, wie er von anderen geleitet und gelenkt wurde. Bis heute war dabei immer alles glatt gelaufen und er hatte großes Glück

gehabt, da ihm bisher niemand schlecht gesonnen war. Es wäre ein Leichtes, ihn auf diese Weise zu Fehlern zu verführen und ihm zu schaden. Sicherlich war sein Glück darauf zurückzuführen, dass Jan keiner Fliege etwas zu leide tun konnte.
Den Leuchtturm auf Norderney hatte er damals noch unter der Aufsicht seines Vaters gebaut, der dabei alle wirklich wichtigen Dinge entschied. Den Auftrag für den Leuchtturmneubau auf Borkum hatte der alte Jan Bott sen. übernommen, als es ihm gesundheitlich noch gut ging. Dann holte er sich eine schreckliche Erkältung, die mit einer Lungenentzündung endete, an der er vor einigen Wochen starb. Nun blieben die wichtigen Entscheidungen am Junior hängen, was ihm bislang noch nicht so richtig zu Bewusstsein gekommen war. War es doch so viel einfacher, wie bisher zu verfahren und sich auf die Tatkraft, Energie und Loyalität seiner Mitarbeiter zu stützen.

Zeit- und Transportprobleme saßen dem Vorarbeiter Athe schwer im Nacken. Der Bau des Leuchtturmes sollte im Mai beginnen. Als Bauplatz wurde eine Stelle westlich außerhalb des Dorfes, in den Dünen hinter dem Herrenbad, gewählt. Dorthin gab es keine befestigten Wege, geschweige denn Straßen. Der von Pferd und Wagen in wenigen Tagen ausgefahrene neue Weg war nur mit großer Anstrengung zu überwinden.
Es war ein schöner warmer Tag. Die Sonne hatte bereits viel Kraft und die Dorfjungen spielten in den Dünen. Ostern war erst ein paar Tage vorbei und so hatten sich die Jungen kleine gewundene Bahnen mit Brücken und Tunnel in den Dünensand gegraben. Eine Eiertrullerbahn für die Ostereier.
Athe schaute den Jungen eine Weile zu.

„Das ist mein Ei", schrie einer der Jungen.
„Nein, meines", meinte der andere, „es ist auf meiner Bahn, nicht auf deiner." Sie fingen an zu raufen.
Da war es, das Zauberwort! Das konnte die Lösung sein. Eine Bahn musste her, dachte Athe. Auf Schienen ließ sich alles leichter, schneller und einfacher transportieren. Warum hatte ich daran wohl nicht früher gedacht? So einfach war die Lösung. Oder doch nicht? Eine ganz neue Bahn, das bedeutet Schwellen, Schienen und und und.
Noch mehr Material, noch mehr Arbeiter und noch mehr Schiffe zum Transport all dieser Dinge. An die Kosten wagte er gar nicht zu denken.
Wie bringe ich das Jan Bott bei? Am besten so, als wäre es seine eigene Idee. So was liebte der junge Mann.
Kann gar nicht so schwer sein, Fenna machte das schließlich oft mit Athe. Warum sollte ihm das dann nicht auch mit Jan gelingen?
Athe schmunzelte zufrieden vor sich hin, als er sich erinnerte, wie lange er dazu gebraucht hatte, bis er seine Ehefrau Fenna in dieser Hinsicht durchschaut hatte. Sie schaffte es immer, auf diese Weise ihre Wünsche durchzusetzen. Mittlerweile machte es Athe sogar Spaß, sie zu necken und es ihr schwer zu machen, wenn sie wieder versuchte, ihm ihre eigenen Ideen als die seinen einzureden.
Genauso musste er es mit Jan Bott machen, wusste er doch genau, wie schwer sich dieser mit den Ideen anderer tat. Für seine eigenen Einfälle konnte er sich sofort begeistern.
Für Athe stand fest, eine Bahn war die Lösung all ihrer Transportprobleme. Musste nur noch Jan überzeugt werden.

„Jan", sagte Athe, bemüht so auszusehen, als bliebe er bei all der Geschäftigkeit an der Baustelle nur aus Höflichkeit kurz bei seinem Chef stehen, um ein wenig zu plaudern.

„Warst du eigentlich schon irgendwann einmal im Urlaub? Ich meine so richtig weit weg?“ Scheußlich, dachte Athe, was für eine blöde Frage.
„Natürlich“, antwortete Jan. Ihm kam der Gedanke, dass Athe sicherlich die Insel in seinem Leben noch nicht einmal verlassen hatte.
„Seit Jahren besteht doch eine Anbindung von Rheine nach Emden?“, fragte Athe.
Jan nickte als Antwort.
„Wie ist das so? Ich meine, mit der Kutsche zu reisen ist doch sehr anstrengend. Da ist so eine Eisenbahn doch sicherlich eine große Erleichterung?“ Athe bemühte sich um einen naiven Gesichtsausdruck. Nicht ganz so einfach.
„Na, mit der Bahn ist eben alles schneller, bequemer und man hat genügend Platz für sein Gepäck. Solltest du mit deiner Fenna unbedingt mal machen“, riet Jan.
War doch ganz einfach, Jan hatte schnell den Knackpunkt Gepäck angeschnitten. Sicherlich kam er gleich auf die richtige Gedankenverbindung zum hiesigen Problem, freute sich Athe.
Doch Jan reagierte nicht weiter, wollte sich schon umdrehen um zu gehen. „Wo kommen denn die Taschen und Kisten, also das schwere Gepäck hin?“ drängte Athe nach und kam sich vollkommen blöd vor. Will es ihm denn nicht einfallen? Ich habe es falsch angefangen. Ich muss ihn doch direkt darauf ansprechen.
Jan sagte: „Dafür gibt es extra Gepäckwagen. Alles kann man mit der Bahn transportieren.“
Na also, da haben wir es, frohlockte Athe nur kurz, denn Jan ging in diesem Moment zu einem der Arbeiter, um ihm eine Anweisung zu erteilen und lies seinen Vorarbeiter stehen.
Hat nicht geklappt, dachte Athe. Wie machte Fenna das nur?

Ich denke, ich sollte mir das bei ihr in Zukunft ein wenig genauer anschauen. Frauen hatten für so etwas einwandfrei das bessere Talent.

„Du Athe“, begrüßte Jan ihn am kommenden Morgen. „Ich hatte da letzte Nacht eine fantastische Idee. Ich sage dir, wir werden den Fertigstellungstermin für den Turm einhalten. Wir werden alles Material transportieren und das ohne zusätzliche Pferde und ohne befestigte Straße.“ Jans Augen leuchteten wie bei einem Kind, dass ein lang ersehntes Spielzeug erhält. Er schien vor Begeisterung überzulaufen.
„Wie?“, fragte Athe knapp, denn Jan wartete sichtlich auf diese Frage.
„Wir bauen eine Bahn! Ich habe das genau durchdacht“, strahlte Jan. „Die Kosten werden natürlich enorm sein, aber auch dafür habe ich bereits eine Lösung. Ganz im Vertrauen gesagt“, dabei legte er freundschaftlich den Arm um Athes Schulter, „diese Idee hatte ich bereits gestern als wir miteinander sprachen, aber ich wollte nicht, dass es so aussieht, als raube ich anderen die Ideen.“
„Feiner Zug von dir“, dachte Athe und hatte Mühe, seinen zufriedenen Gesichtsausdruck vor Jan zu verbergen.
„Weißt du, ich habe mir das so gedacht“, begeisterte sich Jan weiter. „Wir bauen den Schienenweg von der Anlandung, dem Hafen, bis direkt zur Baustelle. Was meinst du dazu?“
Noch bevor Athe antworten konnte, sprach Jan schon weiter. „Erst hatte ich mir überlegt, die Schienen vom Südstrand aus zur Baustelle zu verlegen, weil dort doch die Raddampfer mit den Fahrgästen anlanden. Da könnten auch die Frachter anlegen. Aber die mühselige Arbeit mit dem Ein- und Ausschiffen der Fracht brachte mich davon ab. Ganz zu

schweigen von den Transportwagen, die ständig im Salzwasser stehen müssten und darunter sicherlich beträchtlich leiden würden. Auch an die armen Pferde habe ich gedacht, die den lieben langen Tag bis zum Bauch im Wasser stehen müssten. Kriegen dann sicher Schwimmhäute." Über seinen Witz musste er erst einmal ausgiebig lachen und auch Athe durfte jetzt ein zufriedenes Grinsen zeigen, das er sich bis jetzt leidlich verkniffen hatte.
Na also, war doch gar nicht so schwer. Was Fenna kann, kann ich schon lang.

Bereits eine Woche später kamen die ersten Schiffe mit den erforderlichen Holzschwellen, Schienen und anderem Zubehör. Jan hatte sich ordentlich ins Zeug gelegt, um seine Zukunftsideen umzusetzen. Alle Arbeiter wurden von der Baustelle abgezogen und in tagelanger Arbeit, in denen fast hundert Männer von Sonnenaufgang bis Sonnenuntergang schufteten, wurden die Gleise vom Schiffsanleger am Hafen bis zur Turmbaustelle und sogar darüber hinaus verlegt. Jan Bott hatte es geschafft, die Firmen, die zur gleichen Zeit die Strandmauer zur Inselbefestigung bauten, zu begeistern und mit einzubeziehen. So wurde auch deren Baumaterial, am Turmneubau vorbei, zum Strand gebracht.
Die Grundsteinlegung des Leuchtturmes wurde zum offiziellen Ereignis. Der Bürgermeister der Gemeinde und ein Vertreter der Wasserbauinspektion als Bauherr sollte sie vornehmen.
Athe Kivit hatte als Vorarbeiter die Aufgabe, sich um den Ablauf der offiziellen Handlung zu kümmern, was ihm überhaupt nicht behagte. Dieses vornehme Getue war ihm von jeher gegen den Strich gegangen. Das war nicht seine Welt.
Gegen elf Uhr ging es los. Im feinen Anzug und mit blank-

geputzten Schuhen trafen die ersten Gäste an der Baustelle ein. Nachdem die Gemeinde den blumigen Reden mehr oder weniger aufmerksam gelauscht hatte, nahm der Bürgermeister die Maurerkelle in die Hand. Dass er dabei nicht den kleinen Finger abspreizte, war ein Wunder. Schwungvoll wollte er eine Kelle Mörtel aus dem Bottich nehmen, was leider total daneben ging und auf seiner guten Hose landete. Die umstehenden Handwerker konnten ihren Spott kaum verbergen und grinsten und schupsten sich gegenseitig vielsagend an.
Nach einiger Zeit hatte der Bürgermeister es glücklich geschafft und mehrere Steine lagen krumm und schief aufeinander gemauert im hellen Sonnenschein. Dreijährige hätten ihre Bauklötze ordentlicher aufeinander gestapelt. Dennoch brauste Applaus der umstehenden Honoratioren auf, die glücklich darüber waren, nicht selbst mauern zu müssen. Sie hätten es nicht besser gekonnt. Sekt wurde gereicht und die Vertreter der Gemeinde sowie die geladenen Gäste gingen zum Trink- und Essgelage ins Dorfhotel.
Als die letzten Gäste verschwunden waren, wurde die gemurkste Grundmauer vom jüngsten Lehrling mit einem gezielten Tritt niedergerissen, wobei er wie eine Primaballerina die Arme im Halbkreis hochhielt, sich schwungvoll drehte und dann verbeugte. Die Gesellen und Arbeiter lachten spöttisch.
Die ordentlichen Turmbauarbeiten konnten jetzt endlich beginnen.

Zwei Monate waren seit dem Brand vergangen und noch immer waren morgens die ersten Gedanken, die Dirk durch den Kopf schossen, sobald er die Füße aus dem Bett schwang, das viele Geld, die goldene Taschenuhr und die schönen Stiefel. Ach die Stiefel, wie freute er sich auf die bewundernden Blicke Fennas, wenn er sie tragen würde. Sie war die Frau, die er seit seiner Kindheit liebte. Er war fest davon überzeugt, dass diese Liebe von ihr erwidert wurde. Auch wenn sie mit diesem Athe verheiratet war, konnte ihn dieses von seiner Überzeugung nicht abbringen. Erst gestern hatte sie ihm auf der Straße ein besonders strahlendes Lächeln geschenkt, als sie einander begegneten und sich einen Gruß zuwarfen. Ein neuer Beweis ihrer Zuneigung, der ihm für diesen Tag genügen sollte. Er musste sich gedulden! Dieses Lächeln würde bis zum nächsten Treffen mit ihr reichen müssen. Dann wurde ihm klar, dass das viele Geld in seinem Versteck alles für sie ändern würde. Für sie bcide. Sie würde sich von Athe trennen, dieses armselige Leben das sie mit ihm führte aufgeben. Denn dann konnte sie mit ihm, Dirk, in Reichtum und Glück leben. Er wusste sicher, darauf wartete sie schon so lange Zeit.

Doch vorerst musste er vorsichtig sein. Er konnte nur einen kleinen Teil des Geldes ausgeben. Die Gefahr, sich durch überschwängliche Geldausgaben in Verdacht zu bringen, war zu groß. Der Gedanke, soviel Geld sein eigen zu nennen und es nicht zeigen zu dürfen, machte ihn ganz krank. Es war immerhin mehr, als er in zehn Jahren ehrlicher Arbeit je hätte verdienen können.

Wie oft war er versucht, Fenna bei einer Begegnung einfach an sich zu reißen, ihr von dem Vermögen zu berichten und sofort mit ihr die Insel zu verlassen.

Er wurde ganz kribbelig, wenn er an sein Versteck dachte. Es war nur eine Frage der Zeit, bis seine Mutter es entdecken würde. Tag für Tag wurde es schwieriger, sie von seinem Zimmer fern zu halten. Er erniedrigte sich bereits so weit, dass er es selber aufräumte, sein Bett machte und den Fußboden fegte. Eine elende Arbeit, zu der er sich stets aufs neue aufraffen musste. Als Nebeneffekt brachte ihn

seine Häuslichkeit ellenlange Lobeshymnen ein, die ihm fürchterlich auf die Nerven gingen.
Einfach zu sagen: „Mutter ich möchte nicht das du mein Zimmer betrittst“, würde ihr nur einen Grund geben, bei ihm herumzuschnüffeln. Eine ihrer Lieblingsbeschäftigungen, dachte er böse. Ihm musste einfach ein besseres Versteck einfallen.
Aber wenigstens hatte er es geschafft, auf der großen Baustelle eine Arbeit zu bekommen. Dass er dieses dem Schiffsunglück im vergangenen März zu verdanken hatte, war ihm schon klar.
Dirk hatte nicht freiwillig an diesem Rettungseinsatz teilgenommen, nein, ganz sicherlich nicht! Es lief ihm heute noch ein unangenehmer Schauer über den Rücken, wenn er daran dachte. Er muss sich richtig schütteln, um den Gedanken daran loszuwerden.
Nach der Gründung der Seenotrettungsgesellschaft durch einen Herrn Breusing gab es auf jeder ostfriesischen Insel, so auch auf Borkum, eine kleine Rettungsstation, die von einer freiwilligen Mannschaft betrieben wurde. Da alle Insulaner in der einen oder anderen Weise mit dem Meer zu tun hatten, bestand diese Mannschaft zum größten Teil aus hartgesottenen Seemännern, die auch vor rauer See, meterhohen Wellen und eisigen Winden keine Angst zeigten, jedoch zugleich dem Meer eine gehörige Portion Respekt entgegen brachten. Im März vergangenen Jahres nun wurde dem Ortsvorsteher zur Mittagszeit durch einen Schiffer mitgeteilt, dass er durch sein Fernrohr auf einer Sandbank vor der Insel ein Schiff entdeckt hatte. Dieses hatte sich offenbar festgesegelt und auch schon die Notflagge zum Zeichen der Seenot gesetzt. Der Ortsvorsteher, vor dessen Haus ein großer Mast stand, zog sofort die Alarmflagge in die Höhe, die von allen bewohnten Teilen der Insel gesehen

werden konnte, um die Rettungsmannschaft zusammenzurufen. Bereits eine dreiviertel Stunde später befand sich das Rettungsboot im Wasser und mit vereinten Kräften wurde an den Riemen gerissen, um über die hohen Wellenberge an das verunglückte Schiff heranzukommen. Nach etwa zwei Stunden anstrengendem und schweißtreibendem Rudern erreichten sie den Havaristen. Es war ein italienisches Schiff aus Genua mit einer Ladung Reis aus Ostindien auf dem Wege nach Bremen.
Im Schiff standen bereits sechs Fuß Wasser und der Reis begann zu quellen. Die Besatzung hatte versucht, aus eigenen Kräften das Wrack zu verlassen, wobei sie leider den Schiffskoch und beide Rettungsboote verloren. Als die Rettungsmannschaft von Borkum eintraf, waren sie schon damit beschäftigt, sich ein Treibfloß herzustellen.
Das Rettungsboot war ein offenes Ruderboot mit mehreren Sitzreihen. Es wurde mit einer Mannschaft von zwölf Mann sowie einem Steuermann gefahren. Inzwischen war es dunkel geworden. Auf dem Wrack befanden sich noch vierzehn Mann, die, sobald das Rettungsboot sie erreichte, sich zwischen und unter die Bänke des Rettungsbootes drängten. Mit siebenundzwanzig Männern total überladen und dadurch im Rudern stark eingeschränkt, beschlossen die Borkumer, die Geretteten am sogenannten Ostland der Insel Borkum an Seeseite an den Strand zu setzen, da dieser Weg der kürzeste war. Die Borkumer wussten, dass ihre Rettungsaktion von der Insel aus beobachtet wurde und konnten somit sicher sein, dass die Schiffsbrüchigen am Strand versorgt wurden. So geschah es dann auch. Da die See immer stürmischer wurde, entschieden sie, noch in der gleichen Nacht um die Insel herumzurudern, um auf der Wattseite das Rettungsboot, im sogenannten Hopp, vor Anker und somit in Sicherheit zu bringen.

Bereits in den frühen Morgenstunden des folgenden Tages nach der spektakulären Rettungsaktion wurde dem Ortsvorsteher gemeldet, auf dem Meer, südwestlich von Borkum, war ein Wrack treibend gesichtet worden. Es wurde genau beobachtet, dass sich noch Personen an Bord befanden. Eile war angesagt. Kurz nachdem der Ortsvorsteher die Signalflagge am Mast hochgezogen hatte, kam auch schon der erste freiwillige Rettungsmann angerannt. Es war Hinderk Riemers, den der Ortsvorsteher gleich am Ärmel festhielt, bevor er zum Bootsschuppen weiterlaufen konnte.
„Sind die Männer von der gestrigen Rettungsaktion noch nicht wieder zurück?“, fragte er besorgt.
„Doch, aber sie liegen erst seit drei Stunden in ihren Betten. Soll ich nach ihnen sehen?“, fragte Riemers.
„Lauf und versuch sie herzubringen. Beeil dich!“
Zwei weitere Männer waren eingetroffen.
„Ich bin gerade bei Folkert gewesen, der liegt mit hohem Fieber im Bett. Ist gestern im Boot zu nass und kalt geworden“, sagte einer von ihnen besorgt.
„Und ich wollte Jochen abholen, aber der hat die Hände vom Rudern total kaputt. Er wird die nächsten Tage nichts anfassen können. Albert fällt auch aus, der hat sich gestern am Wrack das Bein gequetscht, sieht übel aus“, ergänzte der zweite Mann.
Ein paar Borkumer Männer hatten in der Zwischenzeit Pferde vor den Bootskarren gespannt und das zweite Rettungsboot aus den Schuppen heraus durch die Dünen an den Strand gebracht. Das erste Boot lag immer noch auf der anderen Seite der Insel. Die kleine Mannschaft die am Boot auf die anderen wartete, bestand nur aus sieben Männern. Für ein Rettungsboot zu wenig. Die Zeit drängte.
Hinderk erbot sich, noch einmal ins Dorf zu laufen, um weitere Männer zu bringen. Irgendjemanden! Sie gehörten

zwar nicht zur regulär ausgebildeten Rettungsmannschaft, jedoch immer noch besser als niemanden zu haben.
Ruckzuck, nach Art einer Zwangsrekrutierung, hatte er die restliche Anzahl an fehlenden Männern zusammengetrommelt. Im Eilschritt auf dem Weg zum Strand fragte Hinderk Riemers Dirk Mase, der gerade von Athe im Laufschritt angeschoben wurde: „Was hast du alles an?“
„Was soll der Quatsch?“
„Was hast du an“, fragte Riemers barsch.
„Zwei Pullover und diese Jacke. Wieso?“
„Wenn wir am Bootsschuppen ankommen, ziehst du einen Pullover und die Jacke aus. Dort bekommst du eine Öljacke und die Korkweste. Wenn du zu viele Sachen anhast, wirst du unterwegs bei der Anstrengung von innen nasser als von außen.“ Im Moment konnte Dirk Mase die Anweisung nicht verstehen, nach dieser Fahrt jedoch hätte er ein Liedchen davon singen können.
Als Dirk kurze Zeit später hinter Hinderk und den anderen über die Dünenkante an den Strand stolperte, peitschte ihnen der schneidende Wind feuchten Sand in Gesicht und Augen. Die Ankerrakete war bereits aufgestellt und geladen worden. Mit einem lauten Knall, den man trotz der Brandungsgeräusche und dem heulenden Wind gut hören konnte, sauste der Anker mit dem Seil im Schlepp gut 1400 Fuß weit in die See. Als der Anker endlich fest im Meeresgrund saß, konnten die Männer an Bord. Die Pferde zogen angestrengt das Boot durch den tiefen Sand ins Wasser. Als sie bis zum Bauch in den Wellen standen, wurden sie von Helfern losgeschirrt und fortgeführt. Dirk versuchte sich noch ein Mal zu widersetzen, wurde aber kurzerhand von kräftigen Händen auf die Sitzbank des Rettungsbootes gedrückt. Ein letztes Mal versuchte er zu protestieren. „Aber ich kann nicht schwimmen!“

„Wer kann das schon?“, kam es von allen Seiten gleichzeitig.
Seenotrettungsfahrten fanden meist in den Wintermonaten statt. Sollte dabei jemand in das eiskalte Meerwasser fallen, war der Tod gnädiger, wenn er gleich kam, da man nicht schwimmen konnte, als wenn man von Sekunde zu Sekunde steifere Glieder bekam und schließlich nach etwa zehn Minuten versank.
Die ersten Wellen schwappten bereits in das kleine Rettungsboot, als es von achtern von einigen Frauen, die bis zur Hüfte im kalten Wasser standen, kräftig angeschoben wurde.
Die Männer im Boot griffen in die Riemen und ruderten mit vereinten Kräften. Zwei Mann standen vorn im Boot und zogen kräftig an der Ankerleine. Nur so war es möglich, über die starke Brandung hinweg aufs Meer zu gelangen.
Das kleine Boot tanzte über die Wellen. Es schlug unkontrolliert herum, fast wie ein wildes Pferd. Teilweise flog es über die Brandung und hatte keinerlei Wasser unter sich, da es von den Wellen in die Luft geschleudert wurde. Die Richtung konnte nur korrigiert werden, wenn Ruder und Riemen im Wasser waren.
Auf ihrer Fahrt fühlten die Insassen, wie das kleine Schiff mit ihnen hochgeschleudert und wieder in die Tiefe der Wellentäler sank. Die Männer hielten unverdrossen ihre Richtung. So ging die Fahrt durch die kochende See. Ohne Erbarmen ritten sie eine Woge nach der anderen ab. Streckenweise verlor der Steuermann die Gewalt über das Schiff und sie wirbelten tief durch die Wellentäler. Das Meer erwies sich in den Tälern als eine dunkle Masse, die sich drohend vor und hinter ihnen auftürmte. Die Wellenspitzen, schaumig und weiß, spritzten ihnen eisige Gischt in die Gesichter. Es schmerzt, wenn ununterbrochen Salzwasser in

die Augen gerät und keine Hand frei ist, um sich die Augen zu reiben. Wie grollender Donner hallten die gewaltigen Brecher, wenn sie zusammenbrachen.
Kommandos konnten nur laut schreiend erteilt werden. Der Wind zerrte unablässig an ihnen. Das Meer war ein einziger Hexenkessel.
Erst gegen zwölf Uhr mittags erreichten sie das hilfesuchende Schiff. Dirk hatte das Gefühl, keine Hände mehr zu besitzen. Das anfängliche Gespür für Kälte und Schmerz beim unaufhörlichen Rudern, hatte bereits nach zwei Stunden nachgelassen. Ihm folgte eine Taubheit. Seine Beine waren steif vom Sitzen. Kalt wurde ihm nur, wenn Teile einer besonders hohen Welle in seinen Jackenausschnitt schwappten, denn er hatte die Öljacke am Hals nicht richtig geschlossen. Mit den steifen Fingern war es ihm unmöglich, dieses nachzuholen, außerdem durfte er nicht aus dem Takt kommen. Nur sein Nacken wurde durch den Südwester geschützt. Dirks Lungenflügel bebten vor Anstrengung, der Schweiß stand ihm auf dem Rücken. Nur verschleiert, durch das Spritzwasser stark sehbehindert, konnte er erkennen, dass das Wrack bereits ohne Segel und Tauwerk war. Von der Mannschaft fehlte jede Spur.
„Gott sei Dank!“, war Dirks einziger Gedanke. „Wenn jetzt auch noch Schiffsbrüchige an Bord kämen, wo sollten die denn noch hin?“ Er wusste, dass erst gestern siebenundzwanzig Mann in solch einem Boot gesessen und gelegen hatten. Jetzt konnte er sich ungefähr vorstellen, wie beengt das war. Viele werden sicherlich unter den Bänken, zwischen den Füßen der anderen eng aneinandergequetscht gelegen haben. Wie hatten sie nur Luft bekommen, wenn so wie jetzt, das Wasser unten im Boot gestanden hatte? „So kann man mit der Nase im Wasser liegend im Rettungsboot ertrinken“, dachte er und musste dabei albern kichern.

Ein Wrack war für andere Schiffe immer eine Gefahr, ob nur kaum sichtbar unter der Wasseroberfläche treibend oder in einem Fahrwasser festsitzend den Weg blockierend. Aus diesem Grunde musste dieses, soweit es möglich war, geborgen werden. Doch nicht nur darum! Vor allem die Ladung, Baumwolle und Tabak, wie sich später herausstellte, sollte sichergestellt werden. So wurde unter großer Anstrengung ein Schlepptau angebracht. Vorsichtig, Wind und Wellen abschätzend, näherten sie sich. Eine riesige Woge hob von achtern das Schiff und ließ sie gefährlich nahe an den Havaristen herankommen. Hoch, immer höher und immer näher heran. Im letzten Augenblick wurden sie vorbeigewirbelt und der geworfene Enterhaken griff. Es dauerte lange, ehe sie das Wrack an den Borkumer Strand auf Sand setzen konnten. Dieses gelang ihnen gegen vier Uhr nachmittags, also sechs Stunden nach Abfahrt.

Dirk, sowie die restliche „Aushilfsbesatzung“ konnte kaum noch auf den Beinen stehen und wankten am Arm ihrer Frauen und Mütter, die sie in Empfang nahmen, nach Hause. Die Stammbesatzung jedoch brachte unter Mithilfe anderer erst alles wieder für den nächsten Einsatz in Ordnung. Man konnte nie wissen, ob nicht heute noch oder gleich morgen früh die Seenotretter wieder hinaus mussten.
Die Schiffsbrüchigen dieses Einsatzes wurden nie gefunden. Drei Tage hatte Dirk danach im Bett gelegen. Er konnte sich kaum rühren vor Muskelkater, die Hände einbandagiert, da sie teilweise blutig waren und die Blasen nässten. Aufrecht hielten ihn seine Tagträume. Hätte Fenna ihn doch nur sehen können, wie er furchtlos den Kampf mit dem Meer aufgenommen hatte! Stolz wäre sie auf ihn gewesen. Ihre bewundernde Blicke für ihn sah er vor sich. Er sonnte sich in diesem Gedanken. Und dennoch...

Nie wieder würde er an so einer Fahrt teilnehmen. Seinetwegen sollten die Leute doch ersaufen. Verrecken in der See. War ihm doch egal.
Wenn er genauer darüber nachdachte wie alles zustande kam, würde ihm sicherlich wieder einfallen, wem er diese Fahrt zu verdanken hatte, an der er „freiwillig“ teilgenommen hatte.
Er war sich sicher, das ihm Passendes einfallen würde, um sich entsprechend bei der Person zu bedanken. Dirk kochte vor Wut. Plötzlich stand es ihm vor Augen. Natürlich, nur einer kam in Frage. Athe Kivit, der hatte ihn doch angeschoben. Garantiert hatte dieser gehofft, Dirk somit auf elegante Art und Weise loszuwerden.
„Aber nicht mit mir, mein lieber Freund. So leicht wirst du mich nicht los!“
Sollte Athe etwa bemerkt haben, was sich zwischen Dirk und seiner Ehefrau abspielte? Jetzt war ihm auch klar, warum er die neue Anstellung bekommen hatte. Nur aus einem Grunde, um täglich unter Athes Aufsicht zu stehen.
„Durchschaut habe ich dich“, flüsterte Dirk bösartig und begab sich zum Frühstück in die Küche.
Es war ein wunderschöner Aprilmorgen, ein paar Spatzen zankten sich vor dem offenen Fenster. In den Dünen hinter dem Haus waren die Knospen vieler Osterglocken zu sehen. Der Anblick stimmte ihn wieder etwas friedlicher. Sobald sie blühten, würde er sie pflücken und seiner Geliebten vor die Haustür legen. Dirks Mutter wunderte sich jedes Frühjahr darüber, dass nur in ihrem Garten die Wildkaninchen die Blumen bis auf den Grund abfraßen.
Seine Mutter liebte ihren Dünengarten, in dem zwischen wilden Dünenrosen und Sanddornsträuchern die Blumen leicht im Wind wippten. Nachbars Bienen summten und die Spinnen in der Hecke baumelten hin und her. Einige

Pflanzen, deren Namen sie nicht kannte, kletterten dazwischen empor. Der Ginster blühte und duftete herrlich, wenn seine Zeit da war. Die lila Dünenveilchen reckten ihre Köpfe zentimeterweit über den Sandboden in die Höhe.

Sommer 1879

Wie jeden Morgen machte sich Athe frühzeitig auf den Weg zur Baustelle.
Täglich war er der Erste und abends der Letzte. Als Vorarbeiter war er für alles zuständig und deshalb hatte er seit Baubeginn nicht eine freie Stunde für sich und seine Familie gehabt, wenn man von den Sonntagen absah.
Jeden Morgen traf er auf seinem Weg zur Baustelle den alten Klaas Gals. Herr Gals, von allen nur Onkel Klaas genannt, schien wie die meisten alten Menschen nie zu schlafen. Auch hatte es den Anschein, als sei er mit dem Gartenzaun verwachsen, an dem er immer anzutreffen war. Selten sah man ihn irgendwo anders stehen. Mit einer kleinen Tabakspfeife im Mund hängend, die dunkle abgewetzte Weste versehen mit vielen kleinen Brandlöchern vom Pfeifeanzünden, stand er am Zaun. Onkel Gals galt auf Borkum als kleine Legende. Sein Alter war schwer zu bestimmen, aber neunzig Jahre sollte er wohl zählen. Klaas Gals hatte das zweite Gesicht, zumindest kam es den meisten so vor. Aus diesem Grunde hatten viele Insulaner Furcht vor ihm.
Den Kindern war er unheimlich, da sich viele Geschichten – ob nun wahr oder erfunden – um ihn rankten. Wenn sie sich gruseln wollten, dann hielten sie sich in der Nähe seines Hauses auf. Es brauchte noch nicht einmal dunkel oder schummrig zu sein, um bei einem „Huhuu“ laut kreischend auseinander zu stoben, auch wenn dieses Huhuu von ihnen selbst kam.
Bei den Erwachsenen war es ähnlich. Einige machten einen großen Bogen um sein Haus. Wieder andere holten sich bei ihm Rat. Nur wenige betrachteten ihn als das, was er eigentlich war. Ein alter Mann, der durch sein Zipperlein

und seine Naturkenntnisse das Wetter genauestens vorhersagen konnte. Ein an Jahren erfahrener Mensch, der in seiner Jugend ein ereignisreiches Leben geführt hatte, um deren Begebenheiten sich die tollsten Geschichten rankten. Manchmal jedoch konnte Onkel Klaas durch einen verschlüsselten, ganz beiläufig erwähnten Satz Andeutungen zur Zukunft machen. Oftmals traten sie nicht gerade deswegen auch ein, weil sich deren Ausgang ein jeder genauso zurechtbog und entsprechend interpretierte. Seit nunmehr acht Jahren wurde ihm täglich sein Mittagessen von einer Borkumerin gebracht. Genauer gesagt, seit jenem denkwürdigen Tag im Sommer 1871, als sie gerade an seinem Haus vorbeikam.
„Junge Frau“, brummte Onkel Klaas, obwohl er sie mit Namen kannte. „Habe deine Jungen im Sand ertrinken sehen.“
Eisige Beklommenheit ergriff die junge Mutter, ihr Magen krampfte sich zusammen, schnell streifte sie die Schuhe von den Füßen und raffte den Rock. Sie wusste genau, wo zu dieser Zeit ihre Söhne mit den Freunden in den Dünen spielten. Eilig lief sie in die Dünen, das letzte Stück rannte sie atemlos die Strecke bis zu der Delle, in der sie ihre Söhne vermutete.
Ihr Jüngster saß dort im Sand, brabbelte unzusammenhängendes Zeug und schaute ihr mit irrem Blick ins Gesicht. Seine Hände wühlten unaufhörlich im losen Sand, aus dem Holzbretter und abgerissenes Dünengras lugten.
Sie ergriff seine Schultern, schüttelte ihn und schrie: „Wo ist dein Bruder?“ Als der Junge keine Antwort gab, fing sie an, panisch mit ihren Händen zu graben.
Die Jungen hatten sich ein großes Loch geschaufelt, sie wollten sich eine Bude bauen. Dieses Loch hatten sie mit Brettern primitiv abgestützt und mit einem schweren Dach

aus Holz und Dünengras versehen. Als der trockene Sand plötzlich nachrutschte, hat er die zwei Kinder unter sich begraben. Glücklicherweise hatten die Jungen einen kleinen Hohlraum, in dem sie hockten. Doch wäre die Mutter des einen nicht rechtzeitig gekommen, wären sie im Sand „ertrunken“.

Athe machte gerne Halt am Zaun des alten Mannes und unterhielt sich mit ihm, stets darauf bedacht, genauestens hinzuhören.
„Guten Morgen, Onkel Klaas.“
Zur Antwort winkte der Alte nur leicht mit seiner Pfeife.
„Wird das Wetter heute schön?“
„Mmmm.“
Nicht sehr gesprächig heute morgen, dachte Athe, nickte ihm zu und begab sich auf die Baustelle.

Die gewaltigen Fundamente für den neuen Leuchtturm waren bereits gegossen. Die Wände aus hartgebrannten roten Backsteinen wuchsen langsam in die Höhe. Der unten achteckige Turm maß jetzt etwa zehn Meter Höhe. Über der Eingangstür hatten sie einen schlichten Rundbogen gemauert. Darüber begann die erste Verjüngung des Turmumfanges. Hier entstand ein breiter, stufenartiger Bogen. Das Holzgerüst war gut verankert auf gleicher Höhe mit den Mauerarbeiten. Die ersten Arbeiter trafen bereits ein. In etwa einer Stunde würde es hier aussehen, wie in einem Bienenstock. Die Pferde waren angeschirrt, um unaufhörlich die an mehreren Stellen benötigten Steine und den dazugehörigen Mörtel zu befördern. Das Baumaterial wurde über eine Winde auf das Gerüst gehoben.
Bei den vielen Arbeitern, die sich auf dem Gerüst tummelten, wunderte man sich unweigerlich, dass sie sich nicht

gegenseitig in ihrer Arbeit behinderten. Im angrenzenden riesigen Lagerschuppen wurden die durch die Pferdewagen herangekarrten Baumaterialien untergebracht. Überall rund um den Bau lagen gewaltige Steinstapel und Sandhaufen. Vor dem Lagerschuppen hatte sich ein Kreis von Männern gebildet. Von weitem waren Anfeuerungsrufe und lautes Gejohle zu hören. Athe hatte Mühe, sich durch die umstehenden Männer zu drängen. Keiner war bereit zur Seite zu treten, da er von dem gerade stattfindenden Kampf nichts verpassen wollte. Die Kehle schnürte sich Athe zusammen und ein leichter Brechreiz meldete sich, als er sah, wie Dirk Mase sich wieder mit einem deutlich Schwächeren schlug. Mit großen Schritten ging er in den Kreis, die Anfeuerungsrufe der Umstehenden verstummten. Athes Adrenalinspiegel stieg gewaltig, als Dirk mit der Faust ausholte und dem anderen direkt auf das Kinn schlug. Im gleichen Augenblick griffen die Hände des Getroffenen haltsuchend in Dirks Gesicht und im Zusammensacken krallten sich die Fingernägel in die Haut. Sie hinterließen eine Spur quer über Dirks Wangen. Dieser schlug auf den am Boden Liegenden ein. Hämmert mit den Fäusten wie wild auf den gekrümmten Rücken, ehe sich Athe endlich einmischen konnte. Er packte Dirk von hinten an die Schultern, drehte ihn gewaltsam zu sich herum und schlug ihm mit dem Handrücken ins Gesicht. Dirk schrie auf, als der Schlag seine blutige Wange traf. Er versuchte sich loszureißen, wirbelte herum und rammte Athe den Ellenbogen in die rechte Gesichtshälfte.
„Aufhören!“ Athe bebte vor Wut.
„Sie haben mir gar nichts zu sagen“, schrie Dirk mit hassverzerrtem Gesicht, begab sich jedoch gleichzeitig auf sichere Distanz.
„Jan Bott ist hier der Chef. Von seinem Vorarbeiter lasse ich mir noch lange nichts sagen.“ Seine blauen Augen funkel-

ten. Dem jungen Mann stand der blanke Hass im Gesicht und Athe stellte zum wiederholten Male fest, dass dieser ständige Groll gegen ihn noch andere Gründe haben musste. Erst jetzt bemerkte er das kurze Messer in Dirks Hand, mit dem er ihm drohte. Nicht ernsthaft, eher ein Herumfuchteln als eine wirkliche Bedrohung.
Athe baute sich vor Dirk auf und schaute ihm unerschrocken ins Gesicht. Er verlieh seinen Augen einen harten Ausdruck und zog die Brauen drohend zusammen. Sein rechtes Auge begann bereits zuzuschwellen. Violette Flecken breiteten sich zwischen Wangenknochen und Kiefer aus. Es wirkte schon leicht lächerlich, wie er drohend vor dem riesigen Mann stand. Doch Athe kannte Dirk und wusste, dass dieser ein jämmerlicher Feigling und Intrigant war. Wie erwartet trollte Dirk sich von davon, nicht ohne eine kleine Schar wesentlich jüngerer Männer um sich herum, denen er seine Niederlage durch geschickte Wortspielerei als Sieg verkaufte.
Dirk war erst zwanzig Jahre alt, groß, blond und von stattlicher muskulöser Figur. Er wäre der Traum aller Frauen der gesamten Insel, hätte er nicht so einen schlechten Charakter. Er verstand es jedoch brillant, jüngere Menschen in seinen Bann zu ziehen. Jedoch nur so lange, bis auch diese ihn durchschauten, was meist nicht lange dauerte. Wirkliche Freunde hatte Dirk keine.
In entsprechender Entfernung von Athe wurde Dirk mutiger. „Ich glaube, ich hätte ihn ein wenig mit dem Messer kitzeln sollen“, meinte er großspurig. „Wartet nur ab, eines Tages wird Jan Bott sehen, dass nur ich für den Vorarbeiterposten geeignet bin.“

Willem war am frühen Morgen dieses Tages die Sicherung und Verankerung der dritten Etage des Gerüstes am Turm

anvertraut worden. In dieser Woche sollte das erste Fenster zur Nordseite und elf Stufen höher ein zweites Fenster zur Südseite gebaut werden. Es war vorgesehen, bis zur endgültigen geplanten Höhe von sechzig Metern, eine Anzahl von jeweils zweiundzwanzig Betonstufen für eine komplette Umrundung zu erstellen. Auf halber Strecke, nach elf Stufen an der Nordseite und wieder elf Stufen an der Südseite war ein Fenster, ein Absatz oder ein Verbindungsschacht zur nächsten Etage geplant.
Willems Augen blickten munter, verrieten aber keinen besonders klaren Kopf. Er war zwar nicht besonders helle, jedoch ein exzellenter Arbeiter in seinem Fach. Und er war verlässlich. Da er stets sorgfältig und präzise arbeitete, hatte Athe ihn mit dieser zusätzlichen Aufgabe betraut, die Willem sehr stolz machte.
In der kommenden Nacht konnte man auf dem Gerüst einen dunklen Schatten sehen. Doch das blieb unbemerkt.

„Eine Frechheit, wie du vom Vorarbeiter heruntergeputzt worden bist“, meinte Dirk böse grinsend zu dem völlig verstörten Willem am folgenden Tag.
„Ich bin mir sicher, das du deine Arbeit am Gerüst perfekt gemacht hast. Sollte mich nicht wundern, wenn Athe selbst heraufgekrochen ist, um die Sicherungen zu lösen“, fügte er boshaft hinzu. Es war nur eine Frage der Zeit und gezielter Worte, sowie ein paar Überredungskünste und Dirk hatte ihn soweit, dass er sich willenlos leiten und lenken ließ. Dirk war ein wahrer Könner, wenn es darum ging, Mitleid zu heucheln und gleichzeitig noch einmal das Messer in der Wunde herumzudrehen.
„Meinst du? Aber warum sollte Athe so etwas tun?“, fragte Willem kleinlaut und hatte schon wieder das Gefühl nicht alles mitzubekommen.

„Sollte dir doch egal sein. Auf alle Fälle würde ich mir das an deiner Stelle nicht gefallen lassen! Selbstverständlich werde ich dir bei deiner Rache helfen“, setzte er gönnerhaft hinzu und legte Willem verschwörerisch die Hand auf die Schulter. „Komm heute Abend bei mir vorbei, dann gehen wir gemütlich einen trinken.“

„Das willst du doch wohl hoffentlich nicht auf dir sitzen lassen?“, bohrte Dirk bereits zum dritten Male weiter. Er saß mit Willem in der Gaststube bei ihrem sechsten Glas Bier, die alle auf Dirks Rechnung gingen. All das schöne Geld an diesen Idioten verplempert, dachte Dirk. Doch der finanzielle Aufwand lohnte. Noch ein oder zwei Gläser mehr und Dirk hatte ihn da, wo er ihn haben wollte.
„Willem, du weißt, es ist nicht meine Art rachsüchtig zu sein. Doch du bist mein Kumpel und ich will dir bei deiner Rache helfen. Freunde wie wir sollten immer zusammenhalten.“
Das Willem keinerlei Rachegefühle hegte und schon gar nicht gegen Athe versank in seinem Bierglas.
„Ich habe alles bereits bestens durchdacht“, fügte Dirk nach einer kleinen Pause flüsternd hinzu. „Athe hat zu Hause einen kleinen Anbau, den er noch nicht fertiggestellt hat. Wie wäre es, wenn wir ihm kommende Nacht von der Turmbaustelle ein paar Steine und etwas Bauholz herüberbringen? Ich glaube kaum, dass Jan Bott einen diebischen Vorarbeiter behalten wird.“
Willem starrte ihn aus glasigen Augen an, mittlerweile verstand er überhaupt nicht mehr um was es überhaupt ging.
„Und wenn ich dann erst einmal seinen Posten als Vorarbeiter übernommen habe, soll es auch dein Schade nicht sein“, setzte Dirk seinen Worten nach und hob sein Glas um darauf anzustoßen. Willem war bereits so betrunken, dass er gar nicht mehr mitbekam, auf was er sich da eingelassen

hatte. Im seligen Nichtverstehen, gepaart mit dem wohligen Gefühl der Trunkenheit, konnte er nur noch Nicken, bevor er am Tisch einschlief. Dirk hatte sehr überzeugend geredet und sich sogar bereiterklärt ihm in der Nacht behilflich zu sein. Bei was auch immer! Willem wusste es nicht mehr so genau.

Fenna saß am Küchentisch und stopfte die Hose ihres Sohnes Hidde. Sie gab sich besonders viel Mühe bei der Arbeit, denn das Nähen und Sticken ging ihr nicht so gut von der Hand. Der Junge saß ihr gegenüber und machte seine Schularbeiten. Sie lächelte still in sich hinein als sie bemerkte, wie er den Bleistift bereits das dritte Mal in die andere Hand wechselte und ohne Unterbrechung weiterschrieb. Dieses Talent hatte er von seinem Vater geerbt. Der konnte auch mit beiden Händen schreiben ohne das am Schriftbild ein Unterschied zu bemerken war. Hidde machte es unbewusst und seiner Lehrerin schien es bisher noch nicht aufgefallen zu sein. Ihr waren sogenannte „Linkepooten“, Linkshänder, ein Dorn im Auge. Die Lehrerin würde sofort etwas dagegen unternehmen.
Hidde sollte die Hose so lange wie irgend möglich tragen. Nicht das sie sich für den Jungen keine Neue leisten konnte, Athe brachte ja jetzt genügend Geld nach Hause. Nein, Fenna sparte jeden Pfennig, um einen Traum in Erfüllung gehen zu lassen. In ihren Tagträumen sah sie sich schon als Besitzerin eines großen Pensionshauses. Na ja, vielleicht nicht ganz so groß. Sie stellte es sich herrlich vor, solch ein Haus zu besitzen und Gäste zu bewirten.
Mit fröhlichem Gesicht würde sie durch das Frühstückszimmer rauschen, um jedem Gast seinen Wunsch zu erfüllen. Sie würde wundervolle Sachen kochen und die Zimmer gemütlich herrichten. In ihrer Fantasie sah sie die Räume

bereits vor sich. Am meisten freute sie sich auf die Gespräche mit ihren Gästen. Neuigkeiten vom Festland würde sie erfahren, andere Lebensgewohnheiten kennen lernen und fröhlich mit den Leuten über Belanglosigkeiten plaudern. Nicht, dass sie eine Schwätzerin wäre, aber das tägliche Einerlei, der kleine Haushalt, der Garten, der eigentlich nur aus Dünen und einem kleinen Gemüsegärtchen bestand, und die Kuh, waren für sie nicht auslastend. Sicher, sie hatte den ganzen Tag zu tun, aber irgend etwas fehlte ihr und sie glaubte, in einer Pension ihr Glück zu finden.
Plötzlich wurde sie aus ihrem Tagtraum aufgeschreckt, denn Athe kam ins Haus gepoltert.
„Ist es schon so spät? Ich glaube ich habe die Zeit verträumt. Das Abendessen ist noch nicht fertig."
„Nein, nein ich wollte nur schnell sagen, dass ich für heute Abend Jan Bott zum Abendbrot mitbringe. Wir wollen in Ruhe die Baupläne durchgehen", rief er schon halb wieder zur Tür hinaus.
Fenna seufzte leicht. In den ersten Jahren, in denen sie Jan kannte, hatte sie es mit ihm nicht leicht gehabt. Jan, ein wahrer Frauenheld, charmant und zuvorkommend. Sohn eines Bauunternehmers, höflich aber oberflächlich und gleichzeitig frauenverachtend. Frauen waren für ihn Betthasen, ausschließlich für den Haushalt geeignet. Wobei er das keinesfalls böse meinte. Wie bei allen jungen ansehnlichen Frauen hatte er auch bei Fenna sein Glück versucht. Bis heute konnte er nicht begreifen, warum Fenna seinem Charme nicht erlegen war. Fenna lächelte bei dem Gedanken, mein Gott, was hatte er sich abgemüht. Wie ein aufgeblasener Fasan war er um sie herumscharwenzelt. Bis er endlich aufgegeben hatte. Jetzt schien er sich damit abgefunden zu haben und behandelte sie sonderbarerweise wie seinesgleichen, was ihm selbst gar nicht bewusst war.

Fenna war es recht so. Sie musste sich eingestehen, ein kleinwenig stolz darauf zu sein, die einzige Frau in Botts Leben zu sein, die diesen Status bei ihm einnahm.
Fenna ihrerseits behandelt ihn wie einen kleinen Bruder, den man nicht allzu ernst nahm. Wenn er bei ihr und Athe zu Besuch war, wurde keine Extrawurst gekocht und ihm schon gar nicht nach dem Mund geredet.

Fast bis Mitternacht hatte er warten müssen, aber jetzt war es endlich dunkel genug.
Dirk stapfte mit weitausgreifenden wütenden Schritten voran und zog seinen schwer beladenen Handwagen hinter sich her. Er hatte sich die ganze Angelegenheit für heute Nacht etwas leichter vorgestellt. Vor allem die Plackerei mit dem schweren Handwagen wollte er eigentlich Willem machen lassen. Aber der lag total besoffen in seiner Koje und schnarchte, dass sich die Balken bogen.
Er hätte ihm kein Geld geben dürfen, oder wenigstens nicht so viel. Dirk fluchte leise vor sich hin.
Jetzt war er an Fennas und Athes Haus angekommen und froh, unterwegs niemandem begegnet zu sein. War eigentlich auch nicht zu erwarten, um diese Zeit.
Leise schlich er sich mit dem schweren, in der Dunkelheit unhandlichen Handwagen um das Insulanerhäuschen herum. Er musste um den Komposthaufen herum und schwenkte die abgedunkelte Lampe leicht hin und her, um sich zu orientieren und sich der einzelnen Details zu vergewissern. Der Holzschuppen, unmittelbar zu seiner Linken, stand etwas abseits vom Haus. Der Schuppen hatte, wie alle auf der Insel, kein Schloss an der Tür. Hier war Athes Aufbewahrungsort für Strandholz, das im Winter im Ofen verfeuert wurde und hier lagerten auch die Geräte, die für die Gartenarbeit gebraucht wurden. Unter den Vorhängen

des Hauses hindurch konnte er sehen, wie Athe und Jan Bott im Wohnzimmer saßen und sich angeregt unterhielten.
Wie viele Abende hatte er hier schon in der Dunkelheit gestanden, wenn Athe drinnen auf dem Sofa seine Zeitung las und Fenna an einem Nähstück arbeitete? Bei diesem friedlichen Anblick kroch stets Wut in ihm hoch. Wie konnte sie es nur mit diesem Mann aushalten? Dann musste er sich jedes Mal zwingen, nicht einfach mit den Fäusten gegen die Fensterscheiben zu trommeln. Seine Belohnung für die Abende, die er vor dem Fenster ausharrte war immer die, wenn Fenna von ihrer Arbeit aufblickte und in die Dunkelheit nach draußen schaute. Er wusste dann ganz genau, dass sie für ihn eine Art siebten Sinn entwickelt hatte und einfach wusste, dass er draußen auf sie wartete. Sie spürte seine Liebe! Eines Abends würde sie den Mut fassen, um zu ihm herauszukommen, ihn an die Hand zu nehmen und dann für immer bei ihm bleiben.
Doch heute Nacht war sie nicht zu sehen und das war gut so, denn er hatte keine Zeit, sie von der Ferne zu betrachten.
Es dauerte seine Zeit, bis Dirk seine erste Ladung Steine neben dem Schuppen aufgestapelt hatte. Jedes Mal, wenn die Steine allzu laut aufeinander klackten, hielt er erschrocken inne und lauschte. „Ich habe Glück“, dachte er, die Männer unterhielten sich so angeregt miteinander, dass sie von allem, was draußen geschah, nichts mitbekamen.
Eigentlich hatte Dirk vor, Athe mehrere Fuhren Steine heimlich hinter dessen Haus zu bringen. Als er jedoch zum zweiten Mal bei der Turmbaustelle seinen Handwagen voll laden wollte, verlor er bereits die Lust daran. Kurzerhand packte er den Handwagen nur noch halbvoll und legte obendrauf noch einige kräftige Holzbalken. Dieses Mal war es etwas schwieriger, um die Hausecke herum zu kommen, ohne irgendwo anzustoßen und Krach zu machen. Obwohl er ein

kräftiger Mann war, und Hände so groß wie Bratpfannen hatte, kam er doch ins Schwitzen. Die letzten Steine waren auf den Haufen gestapelt und die Holzbalken danebengelegt, als ihm einfiel, dass hier irgendwo seine Lampe stehen musste. Aber wo? Sollte er diese hier stehen lassen, wüsste später jeder Bescheid, wer hier gewesen war. Diese Lampe hatte er selbst angefertigt und mit seinem Namen versehen.
Gott sei Dank, da lag sie. Schnell nahm er sie auf, packte den Griff seines Handwagens und stieß in der Eile mit Schwung gegen die Schuppenwand. Der Lärm verlieh ihm Flügel und überstürzt floh er.

Fenna, nicht ahnend, welche Gefühle sie in Dirk entfachte, plagte sich derweil mit anderen Gedanken. Sie lag bereits seit einiger Zeit im Bett, die Männer hatte sie sich selbst überlassen, als sie dieses Geräusch schon wieder vernahm. Vor etwa einer halben Stunde war es schon einmal zu hören gewesen. Klang, als ob jemand Steine aufeinanderlegen würde.
Klack, klack. Das erste Mal war sie zu faul, um aufzustehen und nachzusehen, doch jetzt ließ die Neugier ihr keine Ruhe mehr. Ohne die Lampe zu entzünden ging sie zum Fenster. Hinter dem Haus konnte sie einen Mann von wuchtiger Gestalt sehen, der gerade die letzten Steine aus einem Handwagen auf einen kleinen Haufen stapelte. Dann stellte er einige Holzbalken gegen die Schuppenwand. Hatte sie richtig gesehen, oder trog die Dunkelheit?
Als der Mann sich entfernte, gerade zwischen Komposthaufen und Schuppen, stieß er mit dem Handwagen gegen die Wand und machte einen schrecklichen Lärm. Sogar Jolante, ihre Kuh, fing lautstark hinten im Garten an zu blöken.
Beruhigt dadurch, dass die Männer in der Küche den Lärm ebenfalls bemerkten und auch schon nachschauen gingen, legte sich Fenna wieder ins Bett.

Sonderbar, was macht Dirk Mase mitten in der Nacht auf unserem Grundstück? Oder bildete sie sich das nur ein. War sie schon soweit, hinter jeder finsteren Gestalt Dirk zu erkennen? In vergangener Zeit kam ihr vermehrt der Gedanke an einen Zeitungsausschnitt vom vergangenen Sommer. Dort war von einem Gangster und Mörder die Rede gewesen. In diesem Artikel wurde eingehend der kriminelle Lebenswandel des Mannes beschrieben. Er war ungebildet, skrupellos und äußerst brutal. Auch ein Bild war zu sehen. Ein bemerkenswerter Riese stand neben einem Polizisten in Handschellen. Er hatte ein fleischiges Gesicht und Frettchenaugen sowie eine Knollennase. Seit diesem Zeitungsartikel dachte sie immer an diesen Mörder, wenn sie Dirk Mase sah. Es wunderte sie um so mehr, da die beiden Männer in keiner Weise nur annähernd äußerliche Ähnlichkeiten aufwiesen. Jetzt, unter ihrer warmen Bettdecke, kam ihr wieder dieses bullige Gesicht aus der Zeitung vor Augen. Fröstelnd zog sie die Decke über die Nasenspitze. War es wirklich Dirk Mase im Dunkel der Nacht oder sah sie schon Gespenster?

„Hörst du auch dieses komische Geräusch?“, fragte Jan Bott seinen Gastgeber Athe.
Sie hatten nach dem Abendessen die Baupläne durchgearbeitet und in Ruhe die Arbeiten für die kommenden Tage besprochen. Darüber hatten die beiden sich verplaudert und es war spät geworden. Jetzt, mitten in der Nacht, schreckte sie aus ihrem Gespräch lautes Gepolter und Kuhblöken.
Athe löschte das Licht im Haus, um draußen besser sehen zu können. Als beide durch die Hintertür hinaustraten, konnten sie eben noch eine große Männergestalt erkennen, die sich davonmachte. Der Unbekannte hatte sie nicht bemerkt. Irritiert von dieser Tatsache suchten Jan und Athe mit einer

neu entzündeten Lampe das Grundstück ab. Sie schwenkten sie hin und her. Am Gemüsebeet war nichts zu sehen. Im hinteren Teil, dort fingen bereits die Dünen an, erstarrte ein Kaninchen im Schein der Lampe. Als sie in der hinteren Ecke am Schuppen ankamen, schmunzelte Athe. Er wandte sich mit verschwörerischer leiser Stimme an Jan. „Jetzt mal raus mit der Sprache. Fenna hat dich angestiftet!?“
„Was meinst du?“
„Na komm. Seit Monaten liegt sie mir in den Ohren, mit dem Anbau voranzukommen. Sicherlich dachtet ihr beide, hat er erst mal Steine und Holz, so wird er sich schon an die Arbeit machen.“
„Ich weiß gar nicht, wovon du sprichst und ich werde mich hüten, mich mit deiner Frau zu verbünden“, meinte Jan, leicht den Gekränkten spielend.
„Dann hast du nicht organisiert, mir heimlich mitten in der Nacht Baumaterial für meinen geplanten Anbau zu bringen?“, vergewisserte sich Athe.
„Nein. Wie kommst du auf so eine Idee?“
„Das ist sonderbar! Wollen doch mal sehen, was und wer sich dahinter verbirgt. Ich vermute, da steckt wieder eine kleine Gemeinheit des jungen Dirk Mase dahinter.“
„Wie kommst du darauf, er könnte es gewesen sein?“
„In der letzten Zeit geschahen viele ungeklärte Dinge auf der Baustelle und auch hier bei mir. Aber ich werde der Sache auf den Grund gehen.“
„Warum hast du ihn überhaupt eingestellt, wenn er solch ein Unruhestifter ist?“
„Dafür gab es zwei Gründe. Zum ersten habe ich jeden auch nur halbwegs tüchtigen Handwerker, der auf der Insel eine Unterkunft hat, eingestellt. Und er kommt aus einer anständigen Familie.“
„Und zum zweiten?“, will Jan wissen.

„Nun, im letzten Jahr hatten wir kurz aufeinander zwei Schiffsunglücke und nicht genügend Leute, um die Rettungsfahrten durchführen zu können. So nahmen auch nicht aktive Rettungsmänner, wie Dirk und ich, an einer Fahrt teil. Ich muss sagen, wie er sich damals ins Zeug gelegt hatte, hat mir gut gefallen. Ich wollte ihm mit der neuen Arbeit eine Chance geben. Habe mich wohl geirrt“, fügte er nach kurzer Pause hinzu.

Am Ende dieser Woche begegnete Athe auf seinem Wege zur Baustelle Feiko, dem Leuchtturmwärter. „Sieh zu, dass der Turm schnell fertig wird“, rief dieser fröhlich herüber. „Wenn ich meine geliebte Insel nicht wenigstens ein Mal täglich aus der Vogelperspektive sehe, fehlt mir etwas.“

Nach dem Brand hatten Feiko und die beiden anderen Leuchtturmwärter in der Kolonne des Küstenschutzes vorerst ein Unterkommen gefunden.

Küstenschutz war schon immer die elementarste Aufgabe der Insulaner. Von der Wattenseite her schützt der Deich die Insel vor den Unwillen der Natur und den gewaltigen Wassermassen. Von der Seeseite wurde die Insel durch eine riesige Dünenkette vor den Sturmfluten beschützt. Doch diese Dünenkette war ein empfindliches Gebilde. Ständige Hege und Pflege durch die Insulaner war nötig. Sie behüteten sie und hielten sie intakt.

Die Kolonne der Arbeiter, zu der Feiko jetzt auch zählt, beging fast täglich die gesamte Strecke. Vor den Dünen auf dem Strand standen auf mehreren hundert Meter Länge in schönen Reihen ordentlich hintereinander die sogenannten Sandreiter. Es waren einfache Holzgestelle, die den auf der Insel ständig wehenden Sand genau an der richtigen Stelle aufhielten. Da, wo er gebraucht wurde.

Aufgabe der Männer war es, diese Sandreiter entsprechend der Windrichtung umzustellen.
Je nach Windstärke sammelte sich an jedem Sandreiter Sand in einer Höhe von wenigen Zentimetern bis auch schon mal einen halben Meter an. Durch diese Arbeit wurden kleine Dünen gewonnen, die später mit Strandhafer bepflanzt wurden und somit den Schutz der Insel gegen die Gewalt des Meeres verstärkten.
„Macht dir deine neue Arbeit keine Freunde?", fragte Athe interessiert.
„Etwas eintönig, ja. Aber sie ist so unheimlich wichtig", meinte Feiko stolz. Aufrecht, mit erhobenem Kopf trollte sich Feiko davon. Athe blickte ihm lächelnd nach.
Fenna hatte sich umsonst Sorgen um Feiko gemacht, dachte er. Ich will nicht vergessen, ihr heute Mittag davon zu berichten. Nach einigen Metern machte Feiko halt, fasste sich an den Kopf, als hätte er etwas vergessen und kehrte um. Er klopfte Athe auf die Schulter und sagte mitfühlend: „Egal was die Leute sagen, ich glaub an dich."
Durch Feiko beunruhigt machte Athe sich eilig auf den Weg. Sicherlich war wieder auf der Baustelle etwas geschehen. Athe beeilte sich, doch als er ankam, schien alles in Ordnung zu sein. Erst wenig später bemerkte er, wie ihm scheinbar zufällig die Arbeiter auswichen. Viele mieden beim morgendlichen Gruß den Blickkontakt. Sonderbar! Welche Schweinerei war hier im Gange?
Gegen Mittag endlich, kurz bevor Athe zum Essen nach Hause gehen wollte, rückte einer mit der Sprache heraus. „Willem hat behauptet, der oberste Bos hätte sie gefeuert."
„Wieso sollte er das tun?", fragte Athe.
„Sie haben ihn bestohlen", meinte der andere, den Blick zu Boden gerichtet. Es fiel ihm sichtlich schwer, dieses zu sagen. Nur langsam rückte er mit der Geschichte heraus.

Am Morgen nach der Steintransportaktion, die er alleine machen musste, da Willem zu betrunken war, hatte Dirk eine kleine Handwerkerschar um sich versammelt. Er war böse auf Willem und wusste auch schon, wie er sich an ihm rächen konnte. „Willem hat bemerkt, dass in der Nacht eine Menge Steine abhanden gekommen sind, stimmt doch?", meinte Dirk und stieß Willem in die Rippen.
„Ja", bestätigte dieser, von einem Bein auf das andere trippelnd, sehr verlegen.
„Was meinst du, was das bedeutet?", meinte Dirk lauernd und schaute Willem durchdringend an.
„Vielleicht gestohlen?", antwortete dieser etwas hilflos. Ihm brummte der Kopf von der vergangenen Nacht.
„Wer könnte so etwas wohl machen?", kam es scheinheilig von Dirk. Alles lief wie geplant.
„Athe Kivit baut doch gerade selbst an seinem kleinen Häuschen." Diesen Satz hatten die beiden in der Gaststätte vereinbart, daran konnte Willem sich gerade noch erinnern.
„Willst du etwa behaupten, der Vorarbeiter hat die Steine gestohlen?", fragte Dirk schauspielernd empört und ließ den Satz genüsslich einige Sekunden im Raum stehen.
„Jungs, habt ihr gehört, Willem sagt, Kivit hat Steine und Holz gestohlen." Dirks Stimme war laut und deutlich, damit es möglichst viele mitbekamen.
Das sollte genügen, dachte Dirk. Der schwarze Peter lag jetzt bei Willem und er war fein aus dem Schneider. War wieder einmal ganz einfach!

Nur gut, dass Jan Bott an diesem Abend bei Athe war. Nie im Leben hätte er beweisen können, dass die Steine nicht von ihm gestohlen wurden. Allerdings würde es schwer nachzuweisen sein, dass Dirk Mase dahinter steckte. Gesehen

hatte ihn keiner und er verstand es geschickt, den Ursprung des Gerüchtes auf Willem zu lenken, wie es Athe später zugetragen wurde. Er machte Willem keine Vorwürfe. Er hatte sicherlich gar nicht mitbekommen, um was es hier überhaupt ging.
Athe wusste über viele Machenschaften des Dirk Mase. Doch leider war diesem schlecht beizukommen. Geschickt war er, dass musste man ihm lassen. Keiner verstand es besser, anderen die Schuld in die Schuhe zu schieben.
So wie beispielsweise letzte Woche. Nur durch Zufall war einem der Maurer am frühen morgen die Kelle in einen mit Wasser gefüllten Trog gefallen. Dieses Wasser wurde für die Herstellung der Zementmischung benötigt. Beim Hineingreifen hatte er sich leicht an der Hand verletzt und durch den natürlichen Reflex an den Mund gezogen. Dabei hatte er festgestellt, dass es sich um Salzwasser handelte. Jeder Maurer wusste, was geschah, wenn mit Salzwasser gemauert wurde. Der Mörtel hielt nicht. Nachforschungen hatten nichts Konkretes ergeben, aber Athe war sich sicher, Dirk Mase hatte seine Hand im Spiel.
Andeutungen hatte er gemacht und wiederholt darauf hingewiesen, Athe sei nicht der richtige Mann als Vorarbeiter. Doch beweisen konnte er ihm wieder einmal nichts.
„Irgendwann aber kriege ich dich auf frischer Tat, mein Junge“, dachte Athe.

Am Abend des selben Tages kam Athe spät heim. Fenna hatte das Abendessen für ihn auf dem Tisch stehen lassen und setzte sich zu ihm, um ihm Gesellschaft beim Essen zu leisten. Der Junge war bereits zu Bett. Fenna merkte genau, wann es ratsam war zu schweigen. Dies war so ein Moment.
Athe war Fenna an diesem Abend besonders dankbar dafür, dass sie ihn heute nicht nach seinem Arbeitstag fragte. Im

Allgemeinen war es im Hause Kivit üblich, gemeinsam zu essen und die Geschehnisse des Tages zu besprechen. Ihre eigenen Gedanken darüber und was es an Neuem gab, war ihr Gesprächsthema.
„Was ist los mit dir?“, Fenna konnte nicht mehr an sich halten. Seit zwei Tagen schon war ihr Mann verschlossen und wortkarg.
Athe legte bewusst langsam seine Gabel beiseite und lehnte sich zurück. Er dachte nach.
„Erinnerst du dich an Jans Besuch vor drei Tagen?“
„Sicherlich.“
„In dieser Nacht hat irgendjemand Steine und Holz von der Turmbaustelle hierher gebracht.“
Fenna nickte.
„Seitdem macht das Gerücht auf der Insel die Runde, ich hätte diese gestohlen. Zum Glück ist Jan Bott ja da gewesen und kann meine Unschuld bestätigen. Aber du weißt, ein kleiner Verdacht bleibt immer bestehen.“
„Ich glaube, es ist Dirk gewesen“, sagte Fenna. „Ich habe mich schon darüber gewundert und wollte mit dir darüber sprechen, aber du warst in den letzten Tagen so in deinen Gedanken versunken, dass ich dich deswegen nicht ansprechen wollte.“
„Bist du dir da absolut sicher? Hast du ihn gesehen?“ Athes Gesicht hellte sich auf.
„Absolut sicher leider nicht. Ich habe im Dunkeln den Mann von hinten gesehen und meinte Dirk erkannt zu haben. Aber beschwören könnte ich es leider nicht.“ Fenna konnte sehen, wie enttäuscht Athe war. „Jetzt ist mir auch klar, warum Gesche und Antje gestern beim Tee so komisch waren“, meinte Fenna mehr zu sich selbst. „Diejenigen, die es betrifft erfahren Gerüchte immer zuletzt. Hätten ja eben was sagen können die beiden. Freundinnen wollen sie sein.“ Leicht

betrübt stand Fenna auf und räumte den Abendbrotstisch ab. Der Appetit war ihr vergangen und Athe saß enttäuscht am Tisch. Wie konnte sie jetzt noch von ihren unguten Gefühlen und Ahnungen Dirk betreffend sprechen?

Jan Bott hatte für ein paar Tage die Insel verlassen, um einige Zeit zu Hause in Leer zu verbringen. Wenn er sich für längere Zeit auf der Insel aufhielt wurde er nervös, fühlte sich unwohl, eingeengt. Wie die Insulaner es tagein tagaus auf so wenigen Quadratkilometern aushielten, würde er nie verstehen. Der Inselkoller hätte ihn schon vorher erreicht. Nun war er wieder zurück und sein erster Weg führte ihn zur Baustelle. In den paar Tagen war der Turm um gute fünf Meter gewachsen. Athe hielt sich ran, dachte er zufrieden. Der Zeitplan bis zur Fertigstellung im Oktober konnte sicher eingehalten werden. Er freute sich auf den heutigen Abend im Hause der Kivits, bei denen er sich immer besonders wohl fühlte. Es wird gemütlich werden, denn er hatte einige Neuigkeiten zu berichten und dachte zufrieden an die erwartungsvollen Augen Fennas. Da war beispielsweise der Reeder Marten Seefen, der auf See vermist und noch immer nicht gefunden wurde. Sie alle hatten den Mann zwar nicht gekannt, waren aber an jeder Neuigkeit, die vom Festland kam, stark interessiert. Das Schiff des Eigners Marten Seefen war im Februar in Seenot geraten und konnte vor der Insel Juist geborgen werden. Alle Seeleute waren gerettet worden. Seefen wurde nicht gefunden, da niemand an Bord bemerkt hatte, wie er wahrscheinlich kurz hinter Borkum mit einer Welle über Bord gegangen war. So wurde es jedenfalls vermutet.
Die eingehende Befragung der Seeleute vor Gericht in Aurich wurde von der Öffentlichkeit interessiert verfolgt und so mancher Fischer hatte tagelang auf See die Augen

aufgehalten. Die Leiche war bis heute nicht gefunden worden, ebenso wenig das viele Geld, dass er bei sich geführt haben musste. Es war die Heuer der Seeleute und der Erlös aus dem Verkauf der Schiffsfracht. Es muss ein kleines Vermögen gewesen sein.
Eigentlich nichts neues an der Küste, es geschah öfter, dass über Bord gegangene Seeleute nicht wiedergefunden wurden. Doch als Gesprächsstoff für einen gemütlichen Abend bei Fenna und Athe reichte es allemal, zumal die schauerlichen Geschichten, die seit dem Brand im Februar über die Insel gewandert waren, mittlerweile an Ergiebigkeit und Spannung verloren hatten.
Bei den Aufräumungsarbeiten wurden die Überreste eines Menschen gefunden. Niemand konnte sich vorstellen, um wen es sich handeln konnte, da keiner der Insulaner vermisst wurde. Nach dem Brand war im unteren Teil des Turmes, zur Südseite hin, ein kleiner Raum entdeckt worden. Er lag einige Stufen tiefer als der Eingangsbereich und war nur wenige Quadratmeter groß. Wahrscheinlich ein ehemaliger Zugang zum Turm, der zugemauert worden war, weshalb er vorher nie bemerkt wurde. Obwohl die menschlichen Überreste nicht in der Nähe dieses Raumes lagen, wurde doch spekuliert, dass in diesem verborgenen Raum das Skelett gelegen haben musste. Abenteuerliche Geschichten über Piratenkapitäne wurden gesponnen und so verbrachte man lange Abende mit diesem Thema. Die alte Legende über den legendären Schatz des Störtebekers konnte durch einige wagemutige Fantasien ergänzt werden. Manch einer redete sich ein, dass der Schatz nicht in den Woldedünen lag, sondern unter dem alten Turm. Dass dieses zeitlich gar nicht möglich war, da der Schatz bei den Bauarbeiten vor vierhundert Jahren sicherlich gefunden worden wäre, ließen sie nicht gelten. Viele meinten sogar, das Skelett wäre der

alte Piratenkapitän selbst, auch wenn dieses einen Kopf hatte. Schließlich hätte der tote Störtebeker ja in die Kammer eingemauert werden können. Wer will hier das Gegenteil behaupten? Dass zwischen der Enthauptung Störtebekers und dem Bau des alten Turmes über siebzig Jahre lagen, wurde als Nebensache abgetan, denn darauf hatte niemand eine auch nur halbwegs plausible Antwort parat. Der Stoff ergab so schönes Seemannsgarn!

Fenna konnte es körperlich spüren, so stark war das Gefühl, beobachtet zu werden. Sie stand in der Küche, und bis vor wenigen Sekunden noch hatte sie sich auf den bevorstehenden Abend mit Jan Bott gefreut. Als sie sich ruckartig herumdrehte, konnte sie gerade noch den Schatten am Fenster verschwinden sehen. Beklommenheit ergriff ihr Herz. Angst konnte man es nicht nennen, die hatte sie noch niemals für sich selbst empfunden. Schon in ihren Kindertagen war sie furchtlos, als man sich wintertags am späten Nachmittag gruselnd über den kleinen Inselfriedhof schlich, da es als mutig galt.
Doch jetzt hatte die Angst sie ergriffen und sie hatte keine Erklärung dafür. In den letzten Tagen war es mehrmals vorgekommen, dass sie sich beobachtet fühlte. Genaugenommen begann es, als sie mit einer Freundin an der allgegenwärtigen Baustelle vorbeikam und sie dieses brennende Gefühl im Nacken spürte, als wenn jemand sie anstarrte. Damals wie heute konnte sie dieses panische Gefühl nicht ergründen. Mehrmals hatte sie den Anlauf genommen, darüber mit ihrem Mann zu sprechen, doch jedes Mal erschien es ihr kleinlich und überreizt. Athe hatte in diesem Sommer durch die Arbeit kaum Zeit für sie und Fenna wollte die ihnen verbleibenden Minuten nicht mit solchen Geschichten, die sie sich wahrscheinlich einbildete, verderben. Wenn

sie genau darüber nachdachte, war es die gleiche Beklommenheit, die sie überkam, wenn sie Dirk Mase begegnete oder sich längere Zeit in seiner Nähe aufhielt, was sie stets zu vermeiden suchte. Dieser Blick, den er ihr immer zuwarf. Das Blut konnte ihr in den Adern gefrieren, so unheimlich wurde ihr dabei. Auch hatte er die Angewohnheit, wie aus dem Nichts ihr bei Dunkelheit in den Weg zu treten. Immer, wenn sie alleine unterwegs war. Zugegeben, er hatte ihr nie etwas getan, oder war ihr zu nahe getreten und doch spürte sie sich körperlich von ihm bedroht. Er verzog in ihrer Gegenwart das Gesicht zu einem grotesken Grinsen und sie merkte schnell, dieses Grinsen hatte er nur ihr gegenüber. Mit einer Handbewegung tat sie ihre trüben Gedanken ab, um sich ihrer Hausarbeit zuzuwenden.

Als Dirk die Haustür öffnete, merkt er sofort, etwas stimmte nicht. Solange er denken konnte, stand immer zur Mittagszeit, wenn er nach Hause kam, seine Mutter an der Tür, um ihn in Empfang zu nehmen. Sicherlich stand sie schon lange vorher am Fenster, denn ehe er zur Klinke greifen konnte, hatte sie die Tür für ihn geöffnet. In seiner Kinderzeit war immer die erste Frage: „Wie war es in der Schule?"
„Wie immer", antwortete er. Im Grunde konnte er nicht sagen, ob sie ihn noch immer nach der Schule frage, denn seit Jahren hörte er gar nicht mehr hin. Sie könnte ihn wer weis was fragen! Seitdem all seine Geschwister aus dem Hause und sein Vater verstorben war, wurde er zum alleinigen Mittelpunkt im Leben seiner Mutter.
Heute war etwas anders! Auf einmal störte es ihn gewaltig, dass sie nicht wie gewohnt an der Haustür stand. Mit Schwung machte er die Tür zu seinem Zimmer auf und sah sie auf dem Bett sitzen. Diesen Gesichtsausdruck hatte er noch nie an ihr gesehen. Er drückte Wut, Entsetzen und

Enttäuschung gleichermaßen aus. Mit einem Blick hatte Dirk die Situation erfasst. Sie hatte seinen Schatz gefunden! Neben seiner Mutter lagen Lappen, Handfeger und Kehrblech. Auf dem Boden stand ein Eimer. Er hätte es sich denken müssen, durchzuckte es ihn, warum hatte er nicht rechtzeitig gehandelt? Es war nur eine Frage der Zeit, wann sie auch die alte Pütte unter dem Fußboden putzen würde. Er hielt es für das beste Versteck, da die Pütte seit langer Zeit nicht mehr genutzt wurde. Sie zählten damals zu den ersten Häusern auf der Insel, die Wasser- und Kanalanschluss bekamen.
Das Geld lag verstreut herum, die Finger hatte sie so stark um die Taschenuhr gekrallt, dass die Knöchel weiß waren. Einige Zeit blickten sie sich nur an, bis sie sich steif erhob, um einen riesigen Schwall von Schimpfworten schrill kreischend über ihn zu ergießen. Solche Worte hatte Dirk von seiner Mutter noch nie vernommen. So kannte er sie gar nicht. Immer war er ihr Liebling gewesen, jüngster Sohn im Haus, ein Nachkömmling, verwöhnt und verhätschelt.
Mit drei Schritten war er bei ihr. Er wusste nicht, wie er das Geschrei und Gezeter stoppen konnte. Wenn sie doch nur still wäre. Zuerst hielt er sich wie ein kleines Kind die Ohren zu, doch das half nicht. Ohne weiter nachzudenken erhob er den Arm, holte aus und schlug ihr mit aller Kraft mit der flachen Hand ins Gesicht. Die alte Frau wirbelte herum, fiel hin, schlug mit der Stirn gegen die Wand und blieb reglos liegen.
War sie tot? Nein, der Brustkorb hob und senkte sich weiter regelmäßig. Wie eine Marionette, an einer Schnur gezogen, ging er in den hinteren Teil des Hauses. Dort hatte seine Mutter die Fußbodenbretter hochgenommen, sie lagen fein säuberlich aufeinandergestapelt neben dem Loch. Die darunter liegende Pütte lag frei. Es war ein schönes

Stück. Etwa achtzig mal einhundertsechzig Zentimeter breit und gut einen Meter tief. Gemauert aus hartgebrannten roten Steinen. Würde man sie von Erde freilegen, wirkte der gewölbte Deckel wie der eines Sarkophages. Die Pütte war innen komplett ausgefliest mit wunderschönen Delfter Kacheln in blauweiß. Dort ein Windmühlenmotiv, da ein springender Hund. Auf der nächsten Kachel war ein Fischer mit seinem Boot zu sehen und dort eine Frau, sitzend am Wasser. Linkerhand sah er das Rohr, das die Pütte mit Regenwasser speiste. Dieses war jedoch seit geraumer Zeit abgeklemmt. Oben, kurz unter dem Rand, war ein zweites Rohr, durch das das überschüssige Wasser ablaufen konnte. Die Pütte war trocken und sauber. Sein Blick war auf die Kachel mit dem Sensenmann gerichtet. Ihm wurde klar, was ihn hergeführt hatte.
Seine Mutter wog leichter als er dachte. Ohne Schwierigkeiten konnte er sie in hockender Form in die Pütte setzen. Er strich ihr eine Haarsträhne aus dem Gesicht und schloss dann die Bodenbretter über ihr. Zuvor legte er ein großes Lederstück dazwischen. Er hoffte, es würde luftdicht sein. Wenn sie nicht mehr aus ihrer Ohnmacht erwachte, würde sie schlafend in den Tod hinübergleiten. Ganz so, wie sich es sich immer gewünscht hatte, dachte Dirk ohne Mitleid oder Trauer.

Die kommende Nacht lauschte er auf Geräusche im Haus. Alles blieb still. Totenstill! Nicht der allerkleinste Laut war zu hören. Die wenigen Stunden die er schlief, plagten ihn Alpträume. Seine Mutter stand in der Tür, stand an seinem Bett, am Tisch... Sie war überall, wo er hinblickte und andauernd fragte sie: „Wie war es in der Schule?“ Gegen Ende des Traumes verwandelte sich ihre freundliche liebevolle Miene in eine groteske Fratze, die ihn schnell und

unerwartet mit kalter und kralliger Hand an die Gurgel fasste. Er erwachte schweißnass, seine eigene Hand würgte ihn. Dieser Traum wiederholte sich mehrmals, immer mit kleinen Abwandlungen. Einmal erschien sein verstorbener Vater und drohte ihm mit der Mistgabel. Er sah seine Schwestern, die ihre Köpfe schüttelten und bedrohlich ihn umzingelten.
Es war noch dunkel, als Dirk es in seinem Bett nicht mehr aushielt. Er ging in die Küche, nicht ohne vorher noch einmal ins Hinterhaus zu lauschen. Immer noch alles still.
Er machte Feuer im Herd, um sich sein Frühstück zu bereiten und musste feststellen, dass er gar nicht wusste, wo alle Zutaten zu finden waren. Als er endlich fertig war, das Essen ging ihm etwas quer durch den Hals, hatte er sich sein weiteres Vorgehen genau überlegt.
Die Sonne kam gerade über den weiten Horizont hoch, als er das Haus verließ und zielstrebig die Straße von Haustür zu Haustür abging. Er beklagte sich lautstark über das Fernbleiben seiner Mutter und fragte besorgt nach ihr.
„Noch nie ist sie die ganze Nacht fortgewesen. Gerade erst habe ich es entdeckt, ihr Schlafzimmer war leer, das Bett unbenutzt. Sie wird sich hoffentlich nichts angetan haben!“
„Ich mache mir große Sorgen um sie. Hat sie jemand gesehen?“
Bereits am vierten Haus war ihm die Nachricht vorausgeeilt und Lore Badill, eine seiner vielen Tanten, kam ihm mit ausgebreiteten Armen entgegen. „Mein armer Junge, schlecht siehst du aus.“ Das war zutreffend, da die Nacht dunkle Augenränder hinterlassen hatte. „Komm erst einmal mit ins Haus und erzähle mir ganz genau, was vorgefallen ist.“
Damit hatte Dirk gerechnet. Tante Lore war genau die richtige Person, um ihn unbewusst zu unterstützen.

„Ich ahne etwas, mein armer Junge“, plapperte sie unentwegt, ohne ihn auch nur zu Wort kommen zu lassen. Dirk wusste ganz genau, seine Tante Lore würde sich in die Sache hineinsteigern. Er brauchte nur noch zur richtigen Zeit die richtigen Worte einzuwerfen.
„Nun erzähl schon, was ist vorgefallen?“, fragte sie endlich und schob ihn vor sich her in ihre Küche.
„Ich weis nicht, Tantchen, nur, dass sie heute Morgen nicht da war.“ Ihm stockte der Atem, er rang nach Luft und passenden Worten, als er eine unerwartete Person in Tantchens Küche entdeckte. Wut durchschoss ihn, ehe er die Person erkannte. Fenna! Wie konnte er ihr böse sein?
Sein Gesicht verzog sich zu einem Lächeln, das traurig wirken musste, doch gleichzeitig seine Zuneigung zu Fenna ausdrücken sollte. Es misslang ihm, meinte er in ihren Augen zu sehen.
„Aber Junge, wann hast du sie denn zuletzt gesehen?“, fragte Tante Lore zum dritten oder vierten Male, während sie ihn auf den Küchenstuhl drückte.
„Gestern Abend, sie wirkte so traurig, so...“ Dirk bemühte sich redlich, seine traurige Mine aufrecht zu erhalten. Nur nicht Fenna anblicken, ermahnte er sich, dann bekam er sicher seine Geschichte durcheinander. In ihrer Gegenwart konnte er sich schwer darauf konzentrieren. Er griff nach seiner Tante, um sein Gesicht an ihren beschürzten Bauch zu drücken.
Dass hatte er seit seiner Kindheit nicht mehr getan und somit verfehlte es nicht seine Wirkung.
„Ja, ja, ich weiß, was du meinst.“ Tantchen strich gerührt über sein Haar. Dann musste sie sich selbst eine Träne mit dem Schürzenzipfel aus dem Auge wischen. „Sie hatte sicher diesen melancholischen Blick?“, fragte sie, wobei sich ein Tränenschleier auf beiden Augen bemerkbar machte.

„Hoffentlich hat sie es nicht getan!“, sagte sie mit einem „Du weißt schon was“ Blick auf Fenna und fügte flüsternd und schaudernd hinzu: „Das Wasser!“ Dabei drückte sie Dirk mitfühlend an ihren großen Busen, bis ihm die Luft knapp wurde.
„Ist es nicht wunderbar, wie er sich um seine Mutter sorgt?“, fragte Tante Lore mehr sich selbst als Fenna und warf ihrem Neffen, von dem sie sich ihr ganzes Leben lang hinters Licht führen ließ, einen bewundernden und liebevollen Blick zu. Fenna war nicht ganz ihrer Meinung, sie betrachtete die Szene misstrauisch und konnte sich dem Gefühl nicht erwähren, dass hier etwas ganz und gar nicht stimmte. Sie vermutete stark, dass ihnen von Dirk ein Riesentheater vorgespielt wurde.
Er sprang von seinem Stuhl auf und brachte Tantchen zum wanken. Unruhig und auf merkwürdige Art und Weise stiefelte er in der kleinen Küche auf und ab, tat verwirrt und raufte sich theatralisch die Haare. Fenna war sich sicher, irgendetwas stimmte hier nicht. Aber was? In dem Moment, als Dirk sich auf den Küchenstuhl zurücksetzt, Tante Lore ihm liebevoll die Haare aus der Stirn strich und er sich laut klagend die Hände vor die Augen legte, wurde es Fenna klar. Dirks Mutter war nicht nur einfach verschwunden, es war mehr mit ihr geschehen und Dirk Mase wusste genau, was es war.

Als zwei Tage später Rika Mase immer noch nicht gefunden worden war, stand für die Inselbevölkerung und die Polizeistation, die ja auch aus Insulanern bestand, fest, Rika war den gleichen Weg gegangen, den vor ihr bereits ihre Mutter ging. Diese war aus Schwermut des Nachts geradewegs ins Wasser gelaufen. Nur mit einem feinen Unterschied: Rikas Mutter hatte man Tage später angespült am Strand gefunden.

Und noch einen Unterschied gab es. Über Schwermut konnte sich Dirks Mutter bisher nie beklagen. Aber das schien niemandem aufzufallen. Verstärkt wurde die Vermutung der Selbsttötung durch Onkel Klaas, dem Mann mit dem zweiten Gesicht. Er wurde natürlich als einer der ersten zu dieser Angelegenheit befragt. Onkel Klaas jedoch mochte sich beim besten Willen auf keine Aussage festlegen. Das Einzige, was er klipp und klar hervorhob, war die Tatsache, dass Rikas Verschwinden etwas mit Wasser zu tun hatte. In diesem Punkt war er sich sicher. Niemand kam auch nur annähernd auf den Gedanken, dass auch eine Pütte, wenn sie in Gebrauch war, etwas mit Wasser zu tun hatte. Rika selbst jedoch konnte so schnell keiner finden.
Dirk Mase genoss es, für kurze Zeit so positiv im Mittelpunkt des Inselgeschehens zu stehen. Jeder sprach ihn bedauernd auf das Verschwinden seiner Mutter an, drückte ihm sein Mitgefühl aus und versicherte Hilfe, wenn es nötig war. Der Hilfstrupp der zusammengestellt wurde und zwei Tage Dünen und Strände abgesucht hatte, konnte keinen Erfolg verbuchen. Allein die Tatsache, dass Dirk sich unermüdlich an der Suchaktion beteiligte und sogar die Nächte hindurch die Strände ablief, brachte ihm große Sympathien ein. War es doch ein völlig neuer Charakterzug an Dirk, der allen unbekannt war.
Die Alpträume, in den wenigen Stunden die er schlief, hatten nachgelassen. An ihre Stelle traten Träume, in denen Rika Mase ins Wasser ging. Mittlerweile war sogar Dirk selbst davon überzeugt, dass es so gewesen war. Er verdrängte die Schuld am Tod seiner Mutter. Er spielte nicht mehr die Rolle des verlassenen Sohnes, für ihn war sie wahr geworden. Er glaube an ihren Suizid.
Jetzt saß er blass im Sofa seiner Lieblingstante. Seine Hand zitterte ohne sein Zutun und er merkte zufrieden, wie auch

andere darauf sahen. Einige Anverwandte hatten sich versammelt, um eine Andachtsfeier abzuhalten. Sogar eine seiner Schwestern war vom Festland angereist. Natürlich wurde bei dieser Gelegenheit der Nachlass besprochen. So konnte seine Tante ihm versichern, dass Dirks Mutter einen Notgroschen auf der Bank hatte. Davon hatte Dirk nichts gewusst. Seine Mutter hatte es vor ihm geheim gehalten, sicherlich damit er sie nicht um Geld anging. Für ihn war diese Neuigkeit ein Hoffnungsschimmer. Bedeutete sie doch, dass er, ohne Verdacht zu erregen, endlich ein wenig von dem vielen Geld, dass der Seemann bei sich trug, ausgeben konnte. Ihm wurde immer noch schwindelig bei dem Gedanken an diese riesige Summe. Er vermutete, der Mann war Kapitän gewesen und hatte neben der Heuer für die Seeleute auch noch Geld für den Kauf oder Verkauf einer Ladung dabei.
Wie auch immer, für ihn bot sich die Gelegenheit, unverdächtig mehr Geld auszugeben, als er eigentlich haben könnte.
Es hob seine Stimmung beträchtlich und er hatte Mühe, es vor den anderen zu verbergen.
Aber bereits im Verlauf des Tages musste er feststellen, die Hinterlassenschaft seiner Mutter bestand nur aus dem alten Haus und einem klitzekleinen Notgroschen.

Die Tage vergingen und mit ihnen das Interesse der Inselbewohner an der Tragödie im Hause Mase.
So konnte Dirk sich wieder seinen, die letzten Jahre bestimmenden Tagträumen hingeben. Dem gemeinsamen Leben mit Fenna. Er wusste, tief im Herzen liebte sie nur ihn. Er war sich sicher, ihrem Ehemann Athe hatte sie nur auf Druck ihrer Familie geheiratet. Er konnte sich beim besten Willen nicht vorstellen, sie könnte diesen Mann wirklich

lieben. Er war sich täglich sicherer, all ihre Gesten, ihre Reaktionen auf seine Annäherungsversuche würden dem Umstand entspringen, nur ihn, Dirk, aus tiefstem Herzen zu begehren. War es nicht erst gestern gewesen, als sie es spürte, wie er sie durch das Fenster ihres Hauses bei der Hausarbeit beobachtet hatte. Sie hatte seine Zuneigung gefühlt, denn sie drehte sich ruckartig zu ihm um und er hatte sich nur geduckt, weil ihn in dieser Sekunde keine plausible Erklärung zum Verweilen an ihrem Fenster eingefallen war. Er war sich ihrer Liebe sicher. Jedes Mal, wenn er ihr begegnete, und er versuchte es mit seiner Arbeit zu vereinbaren, dass dieses oft der Fall war, blieb sie für Sekundenbruchteile stehen und schaute ihm direkt ins Gesicht. Er schenkte ihr dann sein schönstes Lächeln, eines, das er nur für Fenna hatte. Dann schaute sie schüchtern auf ihr Schuhwerk und ging mit einem knappen Gruß weiter.
Wenn es nur das Problem Ehemann nicht gäbe. Er würde einen Weg finden, um eine gemeinsame Zukunft mit Fenna haben zu können, und zwar schon bald!

Es war Athe zur lieben Gewohnheit geworden, morgens den Sonnenaufgang von der jeweils zur Zeit höchsten Stelle des neuen Leuchtturmes zu beobachten. Um diese Zeit erwachte die Insel. Sobald die Sonne über dem Wattenmeer erschien, glitzerte das Wasser silbern und so hell, dass er die Augen leicht zukneifen musste. Die Luft war mild und der leichte Ostwind brachte den Geruch von Salzwasser, Muscheln und Watt herüber. Das durchdringende Schreien der Austernfischer, jener wendigen schwarzen Vögel, drang zu ihm hoch. Möwen kreisten über einer Stelle im Meer, sicherlich befand sich dort gerade ein Schwarm mit Fischen. Auch das Geschrei der Möwen war weithin zu hören. Hinter dem Deich konnte er die Kühe sehen und Kälber hüpften spielend

um ihre Mütter herum. In diesem Jahr gab es besonders viele Kaninchen in den Dünen, überall sah er die kleinen Tierchen durch die Dünen jagen. Zur Seeseite der Insel sah er, wie sich die Wellen am Strand brachen. Um diese Tageszeit wirkte das Wasser tiefblau und hob sich farblich besonders schön von dem kilometerlangen schneeweißen Sandstrand ab. In der Ferne schaute er auf die unbewohnte Nachbarinsel Rottum und zur anderen Seite hin konnte er bereits die ersten Häuser der Insel Juist erkennen. Ein paar Fischerboote waren schon unterwegs, dichtgefolgt von einer Möwenschar. Es war einfach herrlich, diese Augenblicke ungestört genießen zu können.
Seit zwei Tagen war der Turm so hoch, dass er das Dach seines Hauses und den dahinterliegenden kleinen Stall sehen konnte. Jetzt drangen die Geräusche der eintreffenden Handwerker zu ihm herauf und es wurde Zeit, das Tagwerk zu beginnen.
Sein Blick fiel auf Dirk Mase, der den Tod seiner Mutter überwunden zu haben schien, denn er stritt sich bereits wieder. Athe war überrascht gewesen über die überwältigende Trauer, die dieser junge Mann an den Tag gelegt hatte. Sollte er sich so in ihm getäuscht haben? Er mochte es kaum glauben. Es würde weiter ratsam sein, ein wachsames Auge auf ihn zu haben. Es war bereits zwei Mal vorgekommen, dass Salzwasser auf der Baustelle in den Mörtelkübeln gefunden wurde.
Athe war es ebenfalls zur Gewohnheit geworden, morgens als erster gründlich die komplette Baustelle zu überprüfen. Er konnte sich des Eindruckes nicht erwähren, dass die Arbeit am Turm von irgendeiner Stelle her sabotiert wurde. Zu hoch war die Anzahl der ungewöhnlichen Vorkommnisse in der vergangenen Zeit. An Athe nagte immer der gleiche Verdacht, aber er konnte nichts beweisen.

Der Juli war in diesem Jahr besonders heiß. Bereits morgens um sieben Uhr, wenn auf der Baustelle bereits reger Betrieb herrschte, brach den Arbeitern der Schweiß aus. Nicht einmal die Nächte kühlten richtig ab und von den sonst allgegenwärtigen Winden war in den letzten Tagen kein Lüftchen zu spüren. Für die Badegäste, in diesem Jahr besuchten fast zweitausend die Insel, war das Wetter wie geschaffen. Stundenlang sah man sie, getrennt nach Damen- und Herrenbad, bis zu den Knien im Wasser stehen. Vom halbfertigen Turm konnte man die bunten Sonnenschirme der Damen kilometerweit am feinen, weißen Sandstrand sehen. Auch hatte man von hier oben einen wunderbaren Blick über die Dünen, in denen auch ab und an einige beim Sonnenbad gesehen wurden.

Edle Pferde am Strand mit hübschen Fräuleins im Damensattel waren ein noch seltener Anblick und Athe hatte derweil seine liebe Not mit den jungen Männern, wenn sie bei der Arbeit aus luftiger Höhe nach ihnen schauten. Erst nach Tagen hatte er bemerkt, dass die Kerle sich ein Fernrohr mitgebracht hatten. Jetzt durfte es nur noch bei den Essenspausen benutzt werden. Athe musste aber doch jedes Mal verständlich schmunzeln, wenn sie in seiner Anwesenheit das Fernrohr zu verstecken suchten. Es war eine anstrengende Arbeit bei dieser Hitze, die sich gegen Mittag noch verstärkte. Am Vormittag hatten die Tischler die unteren Fenster eingesetzt, womit der Durchzug des Windes gehemmt wurde. Die Fenster waren wunderbar und zu Athes voller Zufriedenheit ausgefallen. Lange hatte er mit Jan Bott darüber diskutiert und schließlich seine Vorstellungen durchsetzen können. So war jetzt auf der Südseite, direkt über dem Eingang, ein rundes Fenster, und elf Stufen höher, auf der Nordseite, ein gleiches eingebaut

worden. Von unten hatte man den Eindruck, als lägen diese beiden Fenster auf gleicher Höhe.
Innen führte jeweils ein kurzer Gang zu den Fensternischen. Die Decken hatten stufenförmige Bögen, sich zum Inneren des Turmes hin verjüngend. Athe fand, dass gerade das einen feierlichen Eindruck bewirkte. Fast wie in einer Kirche.

Ein paar Tage später war das Wetter umgeschlagen. Aus Norden kam ein kühler Wind, der allen willkommen war.
Wie jeden Morgen hielt Athe auf seinem Weg zur Arbeit kurz beim alten Onkel Klaas für ein kurzes Schwätzchen. Er wunderte sich immer, dass dieser Mann nie zu schlafen schien. Er war zu jeder Zeit an seinem Gartenzaun anzutreffen, wenn Wind und Wetter es zuließen. Ansonsten sah man ihn an seinem Küchenfenster, direkt an der Straße, gemütlich sein Pfeifchen rauchen.
„Moin, Onkel Klaas. Heute scheinen wir angenehmere Temperaturen zu bekommen."
„Ja, mien Jung. Aber nicht alles Gute kommt von oben."
Lange schon hatte Athe es aufgegeben, den alten Mann nach seinen Vorhersagen eingehender zu befragen, man bekam keine konkreten Erläuterungen von ihm. So begnügte sich Athe auch heute mit dieser Antwort und versuchte, sich selbst dafür eine Erklärung zu geben. Nicht immer ganz einfach.
Nach wenigen Minuten hatte er den Alten vergessen. Es gab wichtigeres zu tun, als sich den Kopf über Onkel Klaas zu zerbrechen. Im Rätselraten war er sowieso noch nie besonders gut gewesen.
Kräftigen Schrittes stieg er die Stufen des Turmes empor. Als er an der obersten Stelle des nach oben hin offenen Turmes ankam, war die letzte Stufe wie immer mit einigen Holzlatten kreuz und quer zugestellt, um den Heraufkommenden

das Ende der Treppe deutlich anzuzeigen. Am Außenrand, rund um den Turm herum, war von dieser Stelle aus das Gerüst gut auszumachen, denn es überragte die Mauerarbeiten um einiges. Athe griff mit beiden Händen eines der Holzbretter, um es für den heutigen Tag zu entfernen, als er auch schon seinen Fehler bemerkte. Ihm war es nicht aufgefallen, dass einige dünne Bänder am Brett befestigt waren, die an dem oberen Teil des Gerüstes festgemacht waren. Mit lautem Gepolter kamen ihm Holzmassen und Eisenstangen entgegen. Er versuchte sein Heil in einem Sprung nach rückwärts, doch die Rundung der Betontreppe versperrte ihm den Rückweg. So konnte er nur noch die Arme hochreißen, um seinen Kopf zu schützen, als ihn auch schon die ersten Stücke trafen.

Er musste wohl einige Zeit ohnmächtig gewesen sein, denn als er erwachte, blickte er in mehrere besorgte Gesichter, die sich über ihn beugten. Auch lag er nicht mehr auf der Treppe, sondern draußen vor dem Turm. Sein Kopf schmerzte fürchterlich, den linken Arm wagte er nicht zu bewegen, da ein stechender Schmerz heraufzog. Schon beugte sich der Doktor über ihn um ihn sanft zurückzudrücken, als Athe versuchte, sich aufzurichten.
„Nun mal langsam. Erst wollen wir einmal nachschauen, ob etwas gebrochen ist“, meinte der Doktor freundlich und tastete ihn gründlich ab. „Noch einmal richtig Schwein gehabt, mein Lieber“, fügte der Doktor hinzu und schob ihm ein paar grässlich schmeckende Tabletten in den Mund, die trocken an der Zunge festklebten.
„Salizylsäure, nimmt den Schmerz. Ganz neu auf dem Markt“, meinte der Arzt und war bereits wieder am Gehen.
Nachdem Athe sich benommen aufgesetzt hatte, wurde ihm von hinten hilfreich unter die Arme gegriffen und

aufgeholfen. Mit noch steifen Beinen wollte er sofort den Unfallort genauestens untersuchen. Jeder Schritt in die Höhe schmerzte. Bereits auf halber Strecke kam ihm Willem mit einfältigem, aber frohem Grinsen entgegen.
„Habe alles wieder aufgeräumt. Hoffe, Sie sind mit mir zufrieden.“ Bevor Athe noch antworten konnte, fügte Willem mit kindlichem Gemüt hinzu: „Ist mir selbst eingefallen. Brauchte mir niemand zu sagen.“ Er trollte sich davon, indem er nochmals mehr zu sich selbst sagte: „Meine Idee, brauchte mir wirklich niemand zu sagen.“
Dieser Tag zog sich unendlich in die Länge. Immer wieder kehrten Athes Gedanken zurück zu dem, was Onkel Klaas ihm sagte. „Nicht alles Gute kommt von oben.“
Athe nahm sich fest vor, ab sofort noch sorgfältiger auf Sabotageversuche zu achten. Waren bisher alle Störungen auf die Arbeiten gemünzt, so war dies ein Angriff auf seine Person gewesen. Allen war bekannt, dass er morgens als erster zur Stelle kam. Athe war sich sicher, Dirk Mase hatte bei allen Störungen seine Finger im Spiel.
„Eines Tages erwische ich dich“, war sein letzter Gedanke, als er abends einschlief.

Bis Mitte August des Jahres 1879 gingen die Arbeiten flott und ohne Zwischenfälle voran.
Nach achtundachtzig Stufen erfolgte die von außen sichtbare Verjüngung des Turmes.
Als der etwa einmeterzwanzig breite Absatz, auf dem man schön lustwandeln könnte, wie die Arbeiter meinten, fertig gestellt war, wurden die Verzierungen, die ins Mauerwerk eingearbeitet wurden, abgebrochen. Ab hier wurde es schlicht. Es folgte noch ein weiterer Ring, der zur Südseite ein Fenster erhielt. Aus diesem Fenster hatte man einen wunderschönen Blick auf den Nordstrand und

Borkum Riff. Die Fensterbänke innen waren etwa fünfzig Zentimeter breit, so dass man gut darauf sitzen konnte, um den Ausblick zu genießen. Ab dieser Stelle wurde aus dem achteckigen Turm ein runder.
Nach diesem Ring, der gerade gemauert wurde, begann die letzte Verjüngung des Turmes, die in dieser Form bis zur Spitze ging. Noch einmal dreiunddreißig Stufen höher erblickte man durch das Nordfenster bereits westlich die Dünenkante am Meer, nördlich über das Watt und nach Osten hin das holländische Festland. An diesem Fenster war die Außenfensterbank allerdings nur noch fünf Zentimeter breit.
Ab hier reichte der Blick bis hinter die Häuser, die in der ersten Reihe am Turm standen. Schon manch einer, der sich auf seinem Hof unbeobachtete wähnte, musste jetzt die gegenteilige Erfahrung machen. Es gab deswegen viel Gelächter auf der Baustelle.

Als der Turm zwei Drittel seiner vorgesehenen Höhe erreicht hatte, wurden die Schwierigkeiten, Steine und Mörtel mittels einer Winde heraufzubefördern, von Tag zu Tag größer. Zwei Männer mit Pferden waren an jeweils zwei Stellen unablässig damit beschäftigt, das Material heraufzuziehen. Da die Arbeit für die Tiere immer anstrengender wurde, wechselten sie diese alle paar Stunden aus. Sie hatten dann für den Rest des Tages frei, um sich zu erholen.
Das An- und Ausschirren der Pferde verursachte weitere zeitliche Verzögerungen, doch Athe war sich sicher, den Fertigstellungstermin im Oktober einhalten zu können.
Da Schulferien waren, hatten sich viele Borkumer Kinder eingefunden, um die Pferde von den Weiden zu holen und wieder wegzubringen. Sie waren stolz auf ihre wichtige Tätigkeit und hatten freimütig auf jede Bezahlung verzich-

tet. Eine hin und wieder spendierte Tüte Naschwerk hielt sie bei Laune.
In der Anfangsphase wurden die Tiere, die morgens an der Winde arbeiteten, am Nachmittag für den Materialtransport auf kleinen vierrädrigen Bauwagen für den Weg vom Schiffsanleger, dem Hopp, bis ins Dorf eingesetzt. Jetzt konnten die Pferde sich verschnaufen, der Bau der Gleisanlagen hatte sich als vortreffliche Idee erwiesen. Konnte doch jetzt zwölf- bis sechzehnmal soviel transportiert werden, wie vormals durch den losen Sand. Die ersten Gedanken wurden laut, die Gleisstrecke in Zukunft für eine Personenbahn zu nutzen.

Es war Sonntag.
Fenna möchte unbedingt den neuen Ausblick vom Turm genießen. Nach dem Gottesdienst, der in der kleinen, alten und schlichten Kirche stattfand, wollte sie Athe dazu überreden.
Die Inselgemeinde schätze sich glücklich, bei dem verheerenden Brand im Februar nicht auch ihre einzige Kirche eingebüßt zu haben. Diese trennte ein kleiner schmaler Gang, durch den nur kleine Jungen und Mädchen ungehindert flitzen konnten, von der ausgebrannten Ruine. Gott und dem Wind war es zu verdanken, priesen sie an jenem Sonntag.
Bis zum Ausklang der Kirchenglocken war es Fenna nicht gelungen, Athe zu überreden, mit auf den neuen Turm zu kommen. Eigentlich sehr verständlich, dachte sie, er war schließlich tagtäglich dort, da mochte er sonntags seine Ruhe haben. So konnte sie ihm die Erlaubnis abringen, alleine auf den Turm zu steigen. Nachdem er ihr den Schlüssel für das Turmportal gegeben hatte, sie mit eindringlichen Warnungen versah, nicht ganz bis zum offenen Ende zu

steigen, schlenderte Fenna mit Sohn Hidde an der Hand über Umwege zur Baustelle.
Dirk, der Teile ihres Privatgespräches aufschnappte, sah seine Gelegenheit gekommen, Fenna endlich seine Liebe zu erklären. Eifersucht ergriff ihn, als er hörte, wie Athe sie mit Liebling ansprach. Es gelang ihm, sich wieder zu beruhigen. Sicherlich blieb ihr keine andere Wahl, als so mit ihm zu reden, dachte er sich.
Da Fenna über Umwege zum Turm schlenderte, war es für Dirk ein Leichtes, vor ihr an Ort und Stelle zu sein. Hier würde sie keiner stören, alle gingen ihren sonntäglichen familiären Verpflichtungen nach.
Von einem der Turmfenster konnte er sehen, wie Fenna mit ihrem Sohn an der Hand auf den Eingang zuschritt. Der Junge blieb draußen. Welch ein Glück.
Dirk schlich an die höchste Stelle. Er freute sich auf Fennas vor Glück strahlendes und überraschtes Gesicht, wenn er sich vorsichtig von hinten an sie heranschlich und ihr liebevoll die Hände von hinten vor die Augen hielt. Ein seliges Lächeln huschte über sein Gesicht, als er sich die Einzelheiten ausmalte.
Deutlich konnte er ihre Schritte auf der Betontreppe hören. Durch seine Lauscherei wusste er, sie würde nicht weiter als bis zu diesem Fenster gehen. Er postierte sich ein paar Stufen höher, verdeckt durch die Rundung des Treppenganges.
Was für eine Freude, sie zu beobachten. Sie hatte ihre Haare hochgesteckt, dadurch war ihr wunderschöner geschwungener Nacken zu sehen, der förmlich zum Küssen einlud. Sie schaute aus dem Fenster und hob ihre Arme, um den Haarknoten zu lösen. Ihre schlanken Finger fuhren durch die roten Locken und lüfteten sie ein wenig. Vorsichtig, um besser sehen zu können, ging er drei Stufen herunter. Wie herrlich sie aussah! Erregung stieg in ihm hoch. Er

wollte, er könnte sie ewig aus dieser Position beobachten. Sein Atem wurde langsam schwerer und er fürchtete, sie könnte ihn hören. Dann wäre die Überraschung verdorben. Leise ging er steifbeinig Schritt für Schritt auf sie zu. Er beugte sich vorsichtig vor, um die Hände zu ihrem Kopf zu heben, da knallte unten laut die Eingangstür. Fenna zuckte zusammen, Dirk stand hinter ihr, mit erhobenen Händen zur Salzsäule erstarrt. Eine Kinderstimme schrie laut: „Mama, wann kommst du endlich!“
Ohne sich umzusehen, die roten Locken energisch in den Nacken geworfen und mit großer Erleichterung, als wäre ihr eine wichtige Entscheidung eben abgenommen, sauste Fenna mit schnellen Schritten die Treppe herunter.
„Seltsam“, dachte sie. So ein herrlicher Tag, die Sonne traf sie warm durch das Fenster, als sie dort stand. Der Anblick über das weite Meer war atemberaubend schön, die weißen Schaumkronen auf den Wellen weithin sichtbar. Sie schmeckte das Salz in der Luft. Alles hätte so beruhigend auf sie wirken sollen. Trotzdem empfand sie eine seltsame Unruhe. Der schrille Ruf ihres Sohnes kam ihr wie eine Erlösung vor.

Gestern, am 19. September 1879 wurden die Rohbauarbeiten fertiggestellt. Heute sollte Richtfest gefeiert werden. Die offizielle Einweihung und öffentliche Übergabe des neuen Leuchtturmes sollte am Nachmittag stattfinden. Aufgeregt lief Fenna durch das Haus. Wie jede Frau wusste auch sie nicht, was sie zu diesem Festakt anziehen sollte. Ihre beiden Männer hatten sich bereits auf den Weg gemacht. Fenna wollte in wenigen Minuten nachkommen, versprach sie.
Um sechszehn Uhr war auf dem Turmplatz ein Konzert geplant, mit anschließendem fröhlichen Umzug durch die

Gemeinde. Arm in Arm wollte sie mit Athe mitmarschieren. Anschließend war ein Festessen im Hotel Köhler geplant, danach wollte man mit Fackeln zurück zum Turm, um ein Feuerwerk abzubrennen. Darauf freute Fenna sich am meisten.

Schon zehn Minuten vor vier Uhr. Als sie eben einen letzten prüfenden Blick in den Spiegel warf, hörte sie aufgeregte Stimmen vor dem Haus. Schwere Stiefel rannten auf der Straße vorbei.

„Ein Haufen Bretter und Stangen...", „...weiß nicht wie viele Männer oben waren", hörte sie Wortfetzen. Sie konnte herauskristallisieren, dass das gesamte Gerüst zusammengebrochen sein musste. Noch ehe sie diesen Gedanken zu Ende denken konnte, stand ein kleiner Junge vor ihr und drückte ihr einen Zettel in die Hand. Sie kannte alle Kinder dieser Insel, konnte sich aber später nicht mehr erinnern, welcher Junge es gewesen war. „Athe schwer verletzt, liegt in meinem Haus. Dirk!", stand in krakeligen Buchstaben auf dem zerdrückten Stück Papier.

Vor lauter Angst um ihren Mann, verschwendete Fenna keinen Gedanken daran, warum ihr Mann in Dirk Mases Haus lag und nicht beim Doktor. Auch wunderte sie sich nicht über die schriftliche Nachricht, eine mündliche wäre einfacher gewesen.

Sie stürmte aus dem Haus, rannte mit ausgreifenden Schritten die Straße herunter, den schwarzen Rock hochgerafft und mit einer Hand haltend, da sie ihn nicht richtig geschlossen hatte. Ohne anzuklopfen eilte sie durch Dirks Haustür und warf diese hinter sich mit Schwung ins Schloss. Es dauerte einen kurzen Augenblick, bis sich ihre Augen von dem hellen Sonnenlicht an das Dunkel im Haus gewohnt hatten. Sie kannte sich hier aus, sie würde die kurze Strecke bis zum Wohnzimmer auch so finden. Dass dieses schön möbliert war, hatte sie gut in Erinnerung, dass es jedoch so alt und verstaubt aussah, verschlug ihr für Sekunden den Atem. Alles schien hier lautlos zu Staub zu zerfallen. Überall zwischen den von Rika Mase liebevoll zusammengetragenen Stücken lag der Geruch von Exkrementen. Waren es Ratten oder Mäuse? Der Geruch von saurer Milch, die ranzig und schimmelig überall auf Tellern gammelte, stieg in ihre Nase. Eines der kleinen Tierchen saß in einem finsteren Winkel und verrichtete sein Geschäft, ohne Scheu vor ihr zu haben. Angeekelt und wie versteinert betrachtete Fenna das Tier. Ihre Finger schlossen automatisch die Knöpfe ihres Rockes. Sie bemerkte den Geruch von Fäulnis und Verwesung. Sie rümpfte die Nase und suchte nach einem Taschentuch. Sekunden, nachdem sie sich von ihrem Schock erholt hatte, kam ihr der Grund ihrer Anwesenheit in den Sinn. Sie stürmte in den Flur zurück, den sie vorhin in der Dunkelheit nicht richtig wahrnehmen konnte und blieb einen winzigen Augenblick stehen. Die Tapete löste sich, stellenweise war sie zerrissen, hatte grüne, klebrige Stellen und dunkle Flecken. Der scharfe Geruch, der in ihrer Nase brannte, wurde immer unerträglicher. Gegen den Brechreiz ankämpfend, eilte sie in das hintere Schlafzimmer, die Finger auf die Nase gedrückt. Hier fand sie nur eine dreckverkrustete, ausgefranste Matratze auf dem Boden. Die Türklinke, die sie noch in der Hand hielt, war überzogen mit einer klebrigen, schleimigen Substanz. Es war niemand zu sehen. Sie hastete in die Küche und wischte sich im Lauf die klebrigen Finger am Rock ab. In der Küche stand ein überquellender Abfalleimer, der Herd verkrustet, als wäre auf ihm ohne Topf und Pfanne gekocht worden. Auch hier war die Luft stickig und faulig. Alle Fenster verschlossen. Der Tisch quoll über von schmutzigem Geschirr und verdorbenen Lebensmitteln.

Ihr wurde bewusst, irgendetwas konnte ganz und gar nicht stimmen. Als sie sich umdrehte, um das Haus zu verlassen, stand er vor ihr. Den Fluchtweg zum Flur versperrend, kam er näher. Schritt für Schritt, so nah, dass sie Mund- und Schweißgeruch wahrnahm. Er war unrasiert und wirkte verwahrlost. Sonderbar, er war doch immer eine gepflegte Erscheinung. Wie lang hatte sie ihn nicht mehr gesehen? Nur ein paar Tage. Konnte sich ein Mensch in so kurzer Zeit so gehen lassen?
Mit einem schnellen gezielten Griff packte Dirk ihre Handgelenke und zog sie näher an sich heran. Der Druck seiner kräftigen Finger war schmerzhaft. Mit Entsetzen fühlte sie die Härte in seiner Hose. „Endlich, meine Geliebte", hauchte er ihr ins Ohr. Ein kalter Schauer lief ihr über den Rücken und ihr wurde eines schlagartig klar. Sie hatte sich schon immer vor diesem Mann gefürchtet. Ihr war klar, er hatte den Verstand verloren. Er musste doch wissen, dass er ihr keine Gewalt antun konnte, ohne dafür bestraft zu werden! Sie stand starr, unfähig sich zu rühren oder aus seiner festen Umklammerung zu lösen. Schweiß glänzte auf ihren Wangen und auf der Stirn. Ihre vor Angst stark bebenden Brüste, die sich schnell im Rhythmus des Atems hoben und senkten, verstärkten sein Verlangen nach ihr. Als sie es merkte, versuchte sie es zu unterdrücken. Sie schaute herab auf ihre Handgelenke, die seine riesigen Hände fest umklammert hielten. Seine Handflächen, schwielig und feucht, konnte sie auf ihrer Haut spüren. Sie sieht schwarze eingerissene Fingernägel, an den Daumen tief eingegrabener bräunlicher Schmutz. Bei diesem Anblick ekelt es sie so gewaltig, dass sie sich fragt, warum ihr diese Hände bisher nie an Dirk aufgefallen waren. Sicher waren sie früher nie so ungepflegt.
„Jetzt ist es endlich soweit", hauchte er in ihr Ohr. Sie spürte deutlich seinen schweren Atem. Ihr Magen krampfte sich,

Panik griff nach ihr. Verstört fragte sie: „Wo ist Athe?“
„Athe?“ Dirks Blick wurde glasig. „Der wird uns nie mehr stören. Komm her, mein Liebling.“ Er zog sie noch fester an sich heran.
Sie versuchte, sich aus seiner Umklammerung zu lösen. „Wo ist er? Was ist mit ihm geschehen?“
Dirk lockerte ein wenig den harten Griff um ihre Handgelenke. „Ich habe ihn ein für alle mal beseitigt.“ Ein heiseres Lachen unterbricht seine Worte. „Jetzt bist du frei, mein Schatz. Frei, um mich zu heiraten, so, wie du es immer wolltest. Meine Geliebte!“ Sein Griff verstärkte sich wieder. „Wir werden glücklich miteinander sein, du wirst es sehen.“
Langsam aber sicher fügten sich in Fennas Kopf die einzelnen Puzzlestückchen zu einem Ganzen zusammen. Wie konnte sie nur in all den Jahren so blind gewesen sein? Seine Blicke, sie hatte sie so oft unangenehm gespürt. Nie wäre sie auf die Idee gekommen, dass er sie liebte.
„Rasch, wir werden auf der Stelle die Insel verlassen“, befahl er und ließ sie los. Leider war der Weg zum Flur immer noch von ihm verstellt. Dirk murmelte ununterbrochen Liebesschwüre, erklärte seine Zukunftspläne und brüstete sich mit Berichten über vergangene Attentate auf Athe. Wieder umschlossen seine gewaltigen Arme Fenna. Die Hände glitten über ihre Arme, den Rücken, Haare bis hin zur Brust. Ihr blieb nichts anderes übrig, als vorerst sein Spiel mitzumachen. Vielleicht würde es ihr gelingen, ihm zu entkommen, wenn sie auf seinen Irrsinn einging.
Zu jeder kleinen erzählten Geschichte über die Übeltaten gegen Athe hakte sie nach und versuchte krampfhaft, ihre Bestürzung zu verbergen. Sie lobte ihn statt dessen, zwang sich zu lächeln und fragte weiter. Sie lobte weiter, da sie merkte, es beruhigte ihn. Sie musste Zeit gewinnen. Kommt

denn keiner vorbei und half ihr? Mit sanfter Gewalt versuchte sie seine Hände loszuwerden, doch das machte ihn aggressiv, so ließ sie es bleiben. Sie zwang sich, ihren Kopf gegen seine Schulter zu legen und sich anzulehnen. So brauchte sie in diesen Sekunden nicht zu lächeln. Neben ihrer Angst um Athe, der nach Dirks Aussagen von oben vom Gerüst, die gesamten vierundsechzig Meter, in die Tiefe gestürzt war, kam die Angst um ihr eigenes Leben.
Ein Leben ohne Athe? Konnte sie sich das vorstellen? Sie musste an ihren Sohn denken, was sollte aus ihm werden, wenn auch ihr etwas zustoßen würde?
Wie konnte all das nur geschehen? Hatte denn keiner den Wahnsinn, der sich in all den Jahren in Dirk angesammelt hatte, bemerkt? Oder wollten sie es nicht bemerken? Für Vorwürfe war jetzt keine Zeit.
Sie verlor ihren Vorsatz, ihn durch geheuchelte Zustimmung weiter zu beruhigen und stieß ihn von sich, in dem Moment, als er versuchte, sie zu küssen.
Das war ein Fehler, sie merkte es sofort. Seine Augen verdunkelten sich, Irrsinn blitzte, er verzog sein Gesicht zu einer grotesken Fratze. Wütend will er sie wieder packen, da wispert sie: „Dirk, mein Liebling, ich habe dich nicht zurückgewiesen, weil ich dich nicht küssen möchte, im Gegenteil." Sie legte all ihre Überzeugungskraft in diese Worte. „Ich möchte mir nur diesen Augenblick für später aufheben, für die Zeit, wenn wir beide in Sicherheit sind."
Sie lehnte sich wieder mit dem Kopf an seine Brust, das beruhigte ihn sofort. Um ihn von der Tür wegzulocken, begann Fenna unzusammenhängendes Zeug zu reden. Alles was ihr gerade einfiel. „Ich muss noch meinen Koffer packen", „Wohin reisen wir?", „Wirst du mir auch schöne Kleider kaufen und einen hübschen Sonnenschirm?" Teilweise schwachsinniges Zeug, doch es beruhigte ihn.

Sie überwand sich und streichelte ihn mit den Fingern. Erst das Gesicht, die kräftigen Oberarme herunter bis zu seinen Händen, die jetzt ihre Hüften fest im Griff hatten. Ihre Finger schlängelten sich in seine. Sie löste seine Hände von ihrer Taille und hakte sich bei ihm unter. „Haben wir jetzt Zeit für so was?", tadelte sie lieb und führte ihn an die Zimmertür, öffnete sie, um ihn in Richtung Schlafzimmer zu schieben. Sie lächelte ihn verführerisch an und schob ihn hinein. Ein frivoles Grinsen huschte über sein Gesicht. Er erhoffte sich viel, das konnte er nicht verbergen. Auf diesen Moment hatte Fenna gewartet, er war für einen kurzen Augenblick gedanklich schon mit etwas anderem beschäftigt. Mit aller ihr zur Verfügung stehenden Kraft versetzte sie ihm einen kräftigen Stoß. Dieser Bruchteil von Sekunden reichte aus, den Flur herunter zu rennen, die Haustür aufzureißen und auf die Straße zu stürzen. Sie rannte, den Rock mit beiden Händen hochgerafft, das Haar in losen Strähnen hinter sich her flatternd, denn Dirk hatte ihren Haarknoten gelöst, direkt in die Arme ihres Mannes.
Als sie ihn erkannte, brach es aus ihr heraus. Sie weinte laut und hemmungslos. Auf Athes Fragen konnte sie kaum antworten, da das Weinen ihr die Stimme nahm. Es dauerte, bis sie sich beruhigte, doch dann sprudelte es nur so aus ihr heraus. Erst unvollständig und zusammenhaltlos, doch als sie sich innerlich bewusst wurde, dass sie in Sicherheit war und ihr nichts mehr geschehen konnte, begann sie ausführlich zu berichten. Es sammelten sich einige Zuhörer an. Noch bevor Fenna geendet hatte und die beiden zu einer Entscheidung kommen konnten, was sie tun würden, war ein großer Teil der aufgebrachten Zuhörer auf dem Weg zu Dirk Mase. Laut schreiend und sich gegenseitig anfeuernd stürmten sie das kleine Haus. Es dauerte keine Minute, bis

der erste mit blassem Gesicht wieder herauskam und erst einmal tief Luft holen musste.
Wie sich später herausstellte, hatte Dirk die Zeit genutzt um sich davonzumachen.

Die Wogen der Empörung schlugen hoch auf der kleinen Nordseeinsel, als allen bekannt wurde, was Fenna zugestoßen war. Die Entrüstung darüber, dass lieben Freunden, Nachbarn oder Verwandten so etwas angetan worden war, ging tief. Alle Geschehnisse der Vergangenheit rückten in ein anderes Licht. Jedem wurden die Augen geöffnet über die kleinen und großen Unfälle an der Baustelle und manch einer fragte sich, wie er dass übersehen konnte. Athes Unfall, bei dem er sich das Genick hätte brechen können, die Sache mit dem Salzwasser, der Steindiebstahl und nicht zuletzt das schwerste Vergehen, die Lockerung des Gerüstes, bei dessen Zusammenbruch viele von ihnen sicher zu Tode gekommen wären, bedrückte die Herzen. Hätte nicht zufällig gerade an diesem Tag, an dem die offizielle Einweihung stattfinden sollte, ein plötzlich aufkommender Sturm das Gerüst des Turmes vorzeitig zusammenbrechen lassen... Nur wegen der Feierlichkeiten befand sich zu diesem Zeitpunkt kein Mensch dort oben.
Mit Schaudern mochte man die Konsequenzen zu Ende denken. Glücklicherweise war heute kein Menschenleben zu beklagen, doch der Volkszorn war groß und Dirk tat gut daran, sich so schnell nicht wieder auf der Insel blicken zu lassen.
Fenna jedenfalls war für den Rest des Tages nicht mehr nach Feierlichkeiten zumute. Athes Anwesenheit war jedoch erforderlich, es war ihr ganz recht. Sie brauchte den Rest des Tages, um sich wieder zu fangen und das Erlebte zu verarbeiten. Sie wollte allein sein und zog sich an eine

einsame Stelle der Insel zurück. Sie wählte das Ostland, mit der dahinterliegenden weiten Dünenlandschaft. Weit genug weg vom Ort.
Von hier aus hatte sie einen traumhaften Blick über die Dünen. Dahinter erstreckte sich ein endloser weißer Sandstrand bis hin zum Meer. Kein Haus konnte man von hier aus sehen, nicht einmal einen der beiden Leuchttürme. Der kräftige salzige Wind, der vom Meer kam, umspielte sie und zauste in ihren Haaren. Doch für das erstklassige Panorama an einem perfekten frühen Herbsttag hatte sie heute nicht das rechte Auge.
All das, fragte sie sich, hätte sie doch schon vorher sehen und erkennen müssen. Sie machte sich bittere Vorwürfe, Dirks Besessenheit nicht bemerkt zu haben. Wie konnte sie nur all die Spuren übersehen haben, die sich jetzt vor ihrem inneren Auge wie Perlen auf einer Schnur aneinander reihten. Sie war blind gewesen und hatte ihre beklemmenden Gefühle in Dirks Nähe ignoriert. Hatte sie sie wirklich nicht miteinander in Verbindung bringen können?

Dirk ging nach seiner Flucht von der Insel nach Bremen. Dort gab er sich als reicher Kaufmann aus und heiratete später eine blutjunge Frau, die eine unglaubliche Ähnlichkeit mit Fenna aufwies. Seine junge Ehefrau hatte er kurz vor der Geburt des gemeinsamen Sohnes Johannes verlassen, aus Gründen, die seiner Gattin nicht bekannt waren.
Man munkelte, er war auf der Flucht.
Die verlassene Ehefrau zog mit dem Baby nach Borkum, in das kleine Häuschen der Familie Mase.
Von der Verwandtschaft, besonders von Tante Lore, waren sie herzlich aufgenommen worden.
Die junge Mutter musste ihren Lebensunterhalt verdienen. Auf Grund dessen verbrachte der kleine Johannes

die meiste Zeit bei Tante Lore und wurde sehr verwöhnt und verzogen.
Ab und an erreichte sie eine Postkarte von Dirk, meist aus dem Ausland. Es war immer nur eine kurze knappe Mitteilung, der stets der Zusatz: „Verkauf auf keinen Fall mein Elternhaus“, oder „Denke daran, das Haus bleibt im Familienbesitz“, folgte. In all den Jahren kamen in unregelmäßigen Abständen Geldzahlungen, um das Haus wenigstens einigermaßen in Schuss zu halten.
Als der Junge fünfzehn Jahre alt war, ließ sich Dirk Mase das erste Mal wieder auf der Insel blicken. Angeblich hatte er ein Vermögen in Brasilien gemacht. Mit dem Geld erwarb er ein kurz vorher fertiggestelltes Geschäftshaus in der Friesenstraße auf Borkum. Drei Monate nach seiner Rückkehr starb er in Untersuchungshaft an Syphilis. Das war auch besser so, denn auch nach all den Jahren konnten ihm die Insulaner seine Taten nicht verzeihen. Nach seinem Tod verkaufte seine Witwe sein Elternhaus. Es war alt und halb verfallen. Sie selbst bewohnte mit ihrem Sohn das neu erworbene Haus in der Friesenstraße. Beim Abriss des alten Insulanerhäuschens wurde in der Pütte ein Skelett gefunden. Nun wusste jedermann über den Verbleib der armen Rika Mase Bescheid. Eine schwere Zeit sollte für die junge Witwe anbrechen.

1899

Die Sonne schien ihm warm auf den Rücken. Es war noch früh am Morgen und es versprach ein heißer Tag zu werden.
Hidde Kivit arbeitete wie fast jeden morgen an seinem Segelschiff. Es war kein allzu großes Schiff, aber es hatte ausreichend Platz für etwa sechs Personen und verfügte über wenig Tiefgang, was für ihn wichtig war. Er benötigte dieses Boot, um im Sommer mit den Badegästen auf die Seehundjagd zu gehen.
Heute wollte Hidde mit den Reparaturarbeiten fertig werden und so stand der kommenden Jagdsaison nichts mehr im Wege. Hidde freute sich immer auf den Sommer. In dieser Zeit konnte er sehr frei über seine Arbeitszeit verfügen, mischte Hobby mit Broterwerb. Das Einzige woran er sich zu halten hatte, war die Tide.
Die Seehundsjagd mit den Touristen war sehr einträglich. Teilnehmende Gäste zahlten ihm einen Pauschalbetrag, unabhängig davon, ob nun ein Tier geschossen wurde oder nicht. Meistens erlegten sie keines, denn die Möchtegernjäger waren alles andere als in der Kunst des Schießens geübt. Das war Hidde Kivit ganz recht. Im Grunde seines Herzens war er den Robben sehr zugetan und nicht gerade darauf erpicht, bei jeder Jagd erfolgreich zu sein.
Es wäre natürlich schlecht fürs Geschäft und für seinen Ruf, wenn er nur mit erfolglosen Gästen zurückkam. So musste er ab und an schon mal nachhelfen, um seine Kunden mit einem gezielten Schuss zu der erhofften Beute zu verhelfen.
Hidde liebte die frühen Morgenstunden, wenn der Strand noch menschenleer war, die bunten Badekabinen mit ihren großen

Speichenrädern in Reih und Glied standen und die Strandzelte noch verlassen in ihren Sandburgen zu sehen waren.
Schon als kleiner Junge hatte er sich darüber amüsiert, wenn die Sommergäste zum Schwimmen im Meer von den Bademeistern und Badefrauen in den bunten Holzkarren ins Wasser geschoben wurden. Von den Badekarren herab stiegen sie dann ins Wasser. Die unbequemen Badeanzüge, die die Damen und Herren trugen, brachten ihn damals wie heute zum Lachen. Wie alle Inselkinder war er mit seinen Freunden an abgelegenen Stränden in Unterhosen schwimmen gegangen. Er musste sich erst daran gewöhnen, dass auch Erwachsene im Meer badeten. Für Hidde eine neue Erfahrung, denn einheimische Erwachsene wagten sich allerhöchstens einmal mit den Zehen ins Wasser, dem sogenannten Strandzeltvermietervollbad. Später, als er zwölf oder dreizehn Jahre alt war, hatte er sich mit seinen Freunden am Strand ein gutes Taschengeld verdient, indem sie den Gästen die Sandburgen gruben. Um stets Arbeit zu haben, wurden diese seltsamerweise des Nachts wieder vernichtet. Hidde lächelte, als er daran dachte. Lausbubengeschichten!
„Vater, das darf doch wohl nicht dein Ernst sein! Hast du zu Hause nicht genug mit toten Tieren zu tun?“
„Du willst doch wohl eine Metzgerei nicht mit einer Robbenjagd vergleichen?“
„Wie kannst du es nur übers Herz bringen, diese Tiere mit den niedlichen großen braunen Augen zu töten?“
„Kühe haben auch niedliche braune Augen und wenn ich mich recht entsinne, sind Rindsrouladen mit Rotkohl dein Lieblingsgericht.“
„Ach Vater, kannst du nicht wie jeder andere Kurgast schön unten am Strand an einer dieser Trinkhallen sitzen und den Tag genießen? Muss es denn unbedingt eine Seehundjagd

sein? Du hast doch gar keine Ahnung davon.“
„Ein bisschen Abwechslung kann mir nicht schaden und außerdem habe ich dann zu Hause am Stammtisch etwas Spannenderes, als scheußliches Heilwasser zu trinken, zu erzählen. Nun sei ein gutes Kind und gehe an den Strand hinunter zu diesen langen steinernen Dingern...“
„Buhnen, Vater.“
„Richtig. Da buchst du für mich eine Seehundjagd. Aber ich will das Schiff für mich allein haben. Keine anderen Fahrgäste. Kivit soll der Beste sein, habe ich mir sagen lassen. Also buchst du bei ihm!“ So eilte Imke früh am Morgen an den Strand. Schon von weitem konnte sie ein paar Segelboote vertäut an der Buhne liegen sehen.
Nur gut, dass ihr Vater nicht darauf bestanden hatte, dass sie mitfahren sollte. Wenn sie daran dachte, auf so einer Nussschale in See stechen zu müssen, graute ihr. Garantiert würde sie wieder seekrank, wie bei der langen Anreise von Emden auf die Insel Borkum. Ein Schauder lief ihr über den Rücken, in Gedanken daran.
Langsam, auf leiser Sohle betrat sie die Buhne. Alles war still und leer, niemand zu so früher Stunde zu sehen. Am Ende der Buhne jedoch konnte sie einen Mann auf einem Segelboot arbeiten sehen. Ihre weichen Schuhe gaben keine Geräusche von sich. Sie trat nahe an das Segelboot heran, der Mann bemerkte sie nicht, sosehr war er in seine Arbeit vertieft. Sie betrachtete ihn sich genau. Er hatte blonde gelockte Haare, blaue Augen und eine kleine runde Brille auf der geraden Nase. Kurzsichtig hatte sie sich einen Seehundsjäger nicht vorgestellt. Als der Mann sich aufrichtete, sah sie, dass er von kleiner Gestalt war. Genau meine Körpergröße, schoss es ihr durch den Kopf. „Warum mache ich mir über so etwas Gedanken“, fragte sie sich kurz.
„Sind Sie Hidde Kivit?“

Lange Zeit betrachtete er sie schweigend, ehe er antwortete.
„Der bin ich."
„Ich möchte auf die Robbenjagd. Mein Vater und ich werden Ihr Segelschiff mieten." Wieso hatte sie diesen Satz gesagt? Welcher Teufel hatte sie geritten, sich selbst zu dieser Fahrt anzumelden?
Der blonde Mann nickte. „Dazu bin ich da."
Während sie sich über die finanzielle Seite einigte und einen Zeitpunkt verabredeten, schlug ihr Herz heftig.
„Sie wissen, dass Sie in diesem Aufzug nicht an der Jagd teilnehmen können! Eine Hose wäre angebracht. Dunkle Farbe bitte und auch einen dunklen Pullover", sagte er und ihr flutschte automatisch eine kecke Antwort aus dem Mund. „Natürlich!"
Fürchterlich, dachte sie auf dem Weg zurück. Entsetzlich, wenn ich mir die Seefahrt ausmale. „Aber er ist dabei!", flüsterte eine kleine Stimme in ihrem Ohr.
Ihr Vater würde sich erst wundern und dann bestimmt Schlapplachen, wenn sie es ihm erzählte. Sie konnte sich seinen Spott ausmalen, hatte sie doch noch vor wenigen Stunden noch gegen die Seehundsjagd gewettert.

Pünktlich, zur vereinbarten Zeit sah Hidde Kivit die junge hübsche Frau mit ihrem Vater den Strand entlangkommen. Sie hatte ihr hellblaues Kleid gegen Herrenkleidung eingetauscht, die ihr verdammt gut stand.
„Mein Name ist Herbert Schreiber, meine Tochter Imke kennen Sie ja bereits." Der alte Herr reichte ihm die Hand und bestieg ohne auf Antwort zu warten das kleine Segelschiff. Hidde half der jungen Dame an Bord, löste das Tauende, stieß das Boot leicht von der Buhne ab und mit dem bereits vor zwei Stunden eingetretenem Ebbstrom kamen sie schnell von der Anlegestelle frei, um Segel zu

setzen. Seine Gäste hatten vorn im Boot Platz genommen, er hatte die Ruderpinne fest in der einen und das Tauende fürs Segel in der anderen Hand.
Sie fuhren durch tiefblaues Wasser vom Hauptbadestrand in Richtung Borkum-Riff, wo auf einer riesigen Sandbank die Seehunde bei Niedrigwasser zum Sonnen am Strand lagen. Kurz vor der Sandbank holte Hidde das Segel herunter und mit dem Schwung der Restfahrt gelangte das Schiff direkt auf den Strand. Er sprang heraus und zog das Boot noch ein wenig höher auf den Sand. Unweit der Stelle stand ein Pfahl tief in den Sand gegraben, an dem er sein Segelschiff festmachen konnte. Er half seinen Gästen das Boot zu verlassen und so kamen Imke und Herbert Schreiber trockenen Fußes an Land.
Hidde hatte ihnen während der Hinfahrt erklärt, wie sie sich zu verhalten hatten und so näherten sich die drei völlig geräuschlos und gegen den Wind, den im Sand liegenden Seehunden. Imke hatte sich geweigert, ein Gewehr zu nehmen, wofür Hidde recht dankbar war. In etwa zweihundert Meter Entfernung zu den Tieren mussten sie sich hinhocken, um die Tiere über ihre Anwesenheit zu täuschen. Bei den stark kurzsichtigen Hunden war das sehr einfach. Nicht so einfach für die Jäger, denn in dieser Stellung zu laufen war recht anstrengend und sah nicht gerade elegant aus.
Im warmen Sand aalten sich etwa zwanzig Tiere, darunter konnte Hidde die etwas kleineren, etwa einmeterfünfzig messenden Weibchen und die gut fünfzig Zentimeter größeren Männchen ausmachen. Sehr kapitale Tiere. Zwei oder drei von den Größeren mussten je ein Gewicht von über hundert Kilo auf die Waage bringen. Eine fette Beute für den heutigen Tag.
Um die Tiere zu überlisten mussten die drei Jäger jetzt auf die Knie und sich ganz vorsichtig und langsam flach

auf den Bauch legen. So blieben sie eine Zeitlang still nebeneinander. Imkes Arm streifte wie zufällig den des Insulaners. Wie ein elektrischer Schlag ging diese Berührung durch Hidde hindurch. Er schaute sie an. In Imkes grünen Augen funkelte das Sonnenlicht, das vom Meerwasser reflektiert wurde. Sie schüttelte kräftig ihre rote Lockenpracht und wäre Hidde in diesem Moment nicht von ihrem Anblick fasziniert gewesen, hätte er befürchtet, diese Bewegung würde die Seehundschar zur Flucht veranlassen.
Doch die Tiere reagierten nicht. Die Kurzsichtigkeit der Robben kam ihnen zu Nutzen.
Auf dem Bauch liegend, die Arme leicht angewinkelt, mit Schaukelbewegungen seitlich hin und her, konnten sie die Vorwärtsbewegungen der Meeresbewohner imitieren.
Diese Fortbewegungsart hatte Hidde bisher immer viel Spaß gemacht, heute kam er sich dabei ziemlich lächerlich vor. Er fühlte sich schwer und tölpelhaft. Imke meisterte diese Bewegung mit einer solchen Leichtigkeit und legte eine Schnelligkeit vor, das Hidde Mühe hatte, sie einzuholen.
So robbten sie in Schussweite an die Seehunde heran.
„Der Kopfschuss ist tödlich“, erinnerte Hidde.
„Haben Sie das Tier nur verletzt und es ist noch fluchtfähig, müssen sie schnell aufspringen, hinlaufen und es mit einem Schlag mit dem Gewehrkolben töten. Sollte es ins Meer fliehen können, wird es elendiglich verenden“, ermahnte er ihn.
Schreiber nickte und legte sein Gewehr an. Laut krachte der Schuss. Aufgescheucht flohen alle Tiere ins rettende Meer. Schreiber sprang auf und feuerte wie wild hinterher.
„Ich hab einen“, schrie er begeistert.

Hidde lag immer noch neben Imke auf dem Bauch im Sand, er rührte sich nicht und hatte nicht einen Schuss abgegeben.
Er stellte sich gerade vor, wie sich ihre weiche helle Haut unter seinen Fingern anfühlen würde. Er war versucht, mit seiner Hand über ihren Körper zu streichen, doch er wagte nicht, sich zu bewegen. Sie lächelten einander an, bis plötzlich Imke über die nicht enden wollende Begeisterungsrufe ihres Vaters lachen musste.
Auf der Rückfahrt zur Anlegebuhne schwiegen alle drei. Imke und Hidde schauten sich von Zeit zu Zeit tief in die Augen.
Erlegt wurde an diesem Tag ein am Strand liegender großer Holzbalken sowie Imkes und Hiddes Herz.

Die Rückfahrt von den Seehundsbänken bis zur Anlegestelle hatte Imke wie in einem Traumzustand verbracht. Ständig musste sie zu Hidde herüberschauen. Wenn er zurückschaute, was er ihrer Meinung nach zu selten tat, durchlief sie ein wohliger Schauer. Dies war der Mann, den sie wollte. Jetzt brauchte sie nur noch ihn davon zu überzeugen.

Schon die Hinfahrt zur Seehundsbank erschien ihr viel zu kurz. Ohne auch nur einen Hauch von Seekrankheit zu spüren, eilte die Zeit davon. Als Hidde beim Ausstieg hilfreich ihre Hand ergriff, jagte diese Berührung den ersten elektrischen Impuls durch ihre Adern und ließ in ihrem Magen ein wohliges Gefühl aufkommen. Von dieser Sekunde an, versuchte sie ihm so nahe wie möglich zu sein und als sie nebeneinander auf dem Bauch im Sand lagen, wagte sie den ersten Schritt und berührte ihn leicht am Arm. Das genau in diesem Augenblick der erste Schuss ihres Vaters loskrachte, verschaffte ihr die Möglichkeit,

sich an ihm festzuhalten. Herrlich! Erleichterung machte sich in ihr breit, als er zärtlich nach ihrer Hand griff und sie sehr lange nicht wieder losließ. Die Rückfahrt war mehr als himmlisch und verging wie im Flug. Verträumt ließ sie eine Hand durchs Wasser gleiten und begegnete immer wieder zärtlich seinen Blicken. Wie auf Wolken schwebte sie zurück ins Pensionszimmer.
Hidde musste nach der Fahrt feststellen, dass Imke keinem der Mädchen glich, die er bisher kennengelernt hatte. Das waren nicht wenige. In den vergangenen Jahren lebte er nach dem Motto eines auf der Insel sehr bekannten Liedchens: „Borkumer Männer die sind treu, ja treu, von Oktober bis zum Mai, ja Mai."
Jeder Sommer brachte ihm neue Mädchenbekanntschaften, die spätestens dann endeten, wenn die jungen Damen wieder abreisten. So konnte man ihn in den Sommermonaten immer in Begleitung wechselnder Freundinnen antreffen. Doch diesmal war es anders! Imke war ihm nicht gleichgültig, darum versuchte er, sie so oft wie möglich zu treffen und mit seiner Inselwelt vertraut zu machen. Er erklärte ihr die wichtige Bedeutung der Deiche, führte ihr die Dünenneugewinnung vor Augen und zeigte ihr ganz besonders schöne Stellen auf Borkum. So saßen sie inmitten der stark duftenden weißen, roten und rosa Dünenrosen, deren Geruch ihre Sinne betäubte. Den beiden kam es jedenfalls so vor. Sie liefen barfuss über die Salzwiesen, mit ihren einzigartigen Blumen, von denen er ihr einen Strauß pflückte. Sie scheuchten übermütig Vögel auf und jagten kindisch Kaninchen hinterher und er erzählte ihr alte Geschichten aus Seefahrerzeiten.
Sie konnte seiner Stimme stundenlang lauschen und war verzückt, wenn er sich selbst im Seemannsgarn verstrickte und dabei mit dem Zeigefinger in seinen kurzen blonden Locken drehte.

Er war sehr bemüht, ihr seine Heimat nahe zu bringen, sollte sie diese doch genau so lieben wie er. Als das Ende ihrer Ferien nahte, musste Hidde sich eingestehen, dass er unsterblich verliebt war und sie nicht gehen lassen wollte.

Sie hatten sich für diesen herrlichen Sommertag auf seinem Segelschiff verabredet. Hidde hatte ein kleines Picknick vorbereitet und wollte mit Imke seine „private“ Insel namens Memmert besuchen. Hierher verirrten sich nur wenige Segler, denn Memmert war unbewohnt und nur achtzig Hektar groß.
Der Morgen war ungewöhnlich warm, Imke saß hinten im Schiff und ließ eine Hand durchs Wasser streichen, wobei sie verträumt auf die glitzernden Wasserperlen schaute. Ihre weiße Bluse hatte sie oben aufgeknöpft und ihren hellgrünen Rock über die Knie hochgerafft. Wenn ihr Vater sie so sehen würde, nicht auszudenken, was sie zu hören bekäme. Hidde jedenfalls war fasziniert von diesem Anblick.
Das Segelboot hob sich bei jeder Welle leicht aus dem Wasser und Gischt spritzte über sie hinweg wie ein feiner Vorhang. Kleine Wassertröpfchen überzogen ihre Haare wie winzige gläserne Perlen. Eine angenehme Kühlung. Sie schwebten zwischen Himmel und Meer, flogen über die Wasseroberfläche, bis Hidde die Steuerpinne gegen den Wind drehte und das Segel erschlaffte. Durch das Schiff ging ein kleiner Ruck, es schlingerte kurz und legte sich dann leicht auf die Seite. Durch diese feine List rutschte Imke gegen seine Seite. Er spürte ihren schlanken warmen Körper. Eine wohlige Wärme durchströmte ihn. Sie hatten Memmert erreicht. Hidde hatte das Schiff nahe an den Strand dirigiert. Er warf den Anker, denn sie mussten noch ein wenig warten, bis das ablaufende Meerwasser das Boot trocken legte und es leicht auf die Seite kippte. So erreichten

sie trockenen Fußes die unbewohnte Insel.
Ihnen blieben gut drei Stunden für Picknick und Rundgang, bis erneut die Flut einsetzte und das Schiff wieder anhob. Schon nach kurzer Zeit hatten die beiden eine wunderschöne Dünendelle gefunden. Die Sonne wärmte den Sand und Imke wagte es, noch einen Blusenknopf zu öffnen. Hidde trat dicht neben sie, schaute ihr tief in die Augen und sie fühlte, wie ihr Blut in die Wangen schoss. Ihr Brustkorb hob und senkte sich heftig vor Aufregung, ihre Gliedmaßen fühlten sich seltsam leicht an. Weil sie leicht taumelte, umfasste er ihre Hüften, um ihr Halt zu geben. Eine Welle unbekannter Gefühle jagte durch ihren Körper. Widerstandslos ließ sie sich in die Arme nehmen. Mit sanftem Druck half er ihr, sich in den weißen Dünensand zu legen. Er streckte sich neben ihr aus und stützte sich auf seinen Ellenbogen, um sie genau zu betrachten. Mit dem Zeigefinger fuhr er in die Rundung einer ihrer Haarlocken und spielte damit. Das Kribbeln der Kopfhaut ließ wohlige Blitze durch ihren Körper sausen. Vorsichtig legte er seinen Mund auf den ihren und strich leicht mit der Zunge über ihre Lippen. Er sah, wie sie die Augen schloss. Sein nächster Kuss war heftiger, mit leicht geöffnetem Mund. Er erforschte ihre Lippen und ihre Zunge.
Als er seine Hand auf ihre Brust legte, wünschte sie sich, er würde sie überall anfassen. Dieser fremde Gedanke beunruhigte sie nur für einen flüchtigen Augenblick, ehe sie sich auf einer herrlichen Wolke treiben ließ.
Er knabberte leicht an ihrem Ohrläppchen, sein Atem hauchte ihr weitere köstliche Schauder über den Rücken. Er bedeckte ihren Hals mit kleinen sanften Küssen. Die Stellen, die seine Lippen berührten, veränderten sich, als würden sie sich zusammenziehen und versengen. Es war, als fließe ein elektrischer Strom, der beide Körper zusam-

menschmolz. Ihr Herz pochte wie wild, der Atem ging in kurzen erregten Stößen. Mit geübten Fingern öffnete Hidde den Rest ihrer Bluse. Er musste tief einatmen, um nicht die Beherrschung zu verlieren. „Du bist so wunderschön“, flüsterte er ihr ins Ohr. Wieder wanderten seine Lippen über ihren Hals nach unten und fanden eine Brustwarze, an der er leicht zu saugen begann. Seine Hand glitt zart über Bauch, Hüften und Oberschenkel, ehe er sich ihrem ganzen Körper zuwandte.

Auf der Heimreise nach Borkum hielten sie sich an den Händen und sprachen kein Wort. Es war alles geklärt, beide waren sicher, sie würden für immer zusammenbleiben.
Am kommenden Morgen machte er ihr einen Heiratsantrag.
Hidde war über sich selbst erstaunt. Es schreckte ihn nicht einmal der Gedanke, aus dem Verein Borkumer Jungs, seinem Lieblingsverein, ausgeschlossen zu werden, dem traditionsgemäß nur Junggesellen angehörten. Noch vor ein paar Wochen wäre ihm allein der Gedanke daran unvorstellbar gewesen. War er doch stolz darauf, diesem Verein anzugehören, der Brauchtum und altes Gedankengut förderte. Nicht zu vergessen die ausgelassenen Trinkgelage, an denen er in Zukunft nicht mehr teilnehmen konnte.
Er war sich sicher, er würde gerne darauf verzichten, denn er liebte Imke von ganzem Herzen.
Sie heirateten in der erst vor zwei Jahren fertiggestellten Reformierten Kirche.

1901

Endlich hatte er eine heiße Spur. Seit Jahren suchte er, war aber immer wieder in einer Sackgasse gelandet und hatte die Hoffnung fast aufgegeben. Diesmal, da war er sich sicher, würde er endlich etwas Konkretes herausbekommen.
Er wurde mit der Tatsache groß, dass sein Vater als vermisst galt, vermutlich ertrunken. Zu seiner Kinderzeit gehörten ebenfalls wunderbare Träume, die er als Erwachsener leider kaum noch träumte. Einmal auf dem pfeilschnellen schnittigen Segelschiff mit den stolz in den Himmel ragenden Masten und den riesigen Segeln, die ihn in ferne Länder brachten, zu fahren. Seine Mutter erzählte ihm gerne und mit Stolz in der Stimme von dem Segelschiff „Cutty Sark“, auf dem sein Vater in den Fernen Osten gesegelt war. Sie erzählte dem Kind von dem Handelsmonopol der Ostindischen Kompanie, für die dieser schnittige Klipper mit beachtlichen Geschwindigkeiten regelrechte Wettrennen gegen ähnliche Schiffe auf den Ozeanen fuhr, um Tee aus Indien und China in Rekordzeiten nach England zu bringen. Diese Geschichten hatte seine Mutter ihm schon erzählt, als er noch ganz klein war und er verband sie untrennbar mit seinen spärlichen Erinnerungen an einen Vater, den er kaum kennen gelernt hatte.

Als er erwachsen war, wurden seine steten Anfragen über seinen vermissten Vater an die Deutsche Gesellschaft zur Rettung Schiffbrüchiger immer gleichlautend beantwortet: Marten Seeden sei am 19. Februar 1879 vermutlich vor Borkum bei stürmischer See über Bord gespült worden. Seit diesem Tag galt er als vermisst, wahrscheinlich ertrunken. Seine Leiche wurde nie gefunden. Auch Nachforschungen

bei anderen behördlichen Stellen brachten Michael Seeden bei der Suche nach seinem Vater nicht weiter.
So war es bis vor ein paar Tagen. Da bekam er einen Brief von einem Bremer Juwelier. Diesem ehrlichen Mann war eine außergewöhnliche Taschenuhr zum Kauf angeboten worden. Natürlich hatte der geschäftstüchtige Juwelier das schöne Stück sofort erworben. Glücklicherweise beschäftigte sich dieser Juwelier in seiner Freizeit mit der Schifffahrt und kannte sich deshalb darin recht gut aus. Die seltene Gravur dieser Taschenuhr sprang ihm sofort ins Auge, denn so ein seltenes und schönes Stück bekam auch er nicht alle Tage zu sehen.
Ihm war bekannt, dass die Firma Lloyd in London über jedes ihrer Schiffe Unterlagen führte. So erhielt er die Auskunft, dass eine Taschenuhr mit der Gravur: „Für geleistete Dienste auf der Cutty Sark“, im Innendeckel und auf der Rückseite die Buchstaben „MS“, die Abkürzung für Marten Seeden, für eben diesen angefertigt wurde.
Der Juwelier hatte gleich ein ungutes Gefühl beim Kauf, dass an der Sache mit der Taschenuhr etwas faul war. Der junge Mann, der sie ihm anbot, wollte nur ungern seinen Namen sagen. Den er schließlich nannte, war sicherlich falsch. Zum Glück hatte er sich einmal verplappert und die Insel Borkum erwähnt.
Da der freundliche Juwelier von der Firma Lloyd auch die Adresse der Familie Seeden zugesandt bekommen hatte, war es für ihn eine Selbstverständlichkeit, diese wertvolle Uhr erst einmal ihnen zum Kauf anzubieten.
Jetzt saß Michael Seeden auf dem Schiff, genaugenommen war es ein eiserner Dampfer von knapp dreißig Metern Länge und sechs Meter Breite, auf der Fahrt nach Borkum. Er atmete die würzige Meeresbrise, die von Norden herüberwehte, tief ein und überlegte sich sein weiteres Vorgehen.

Von der Gemeindeverwaltung hatte er erfahren, dass es auf Borkum keine Unterlagen über seinen verschollenen Vater gab. Auch wisse man nichts über den damaligen Vorfall. Ebenso konnte man ihm keine Angaben zu der Person machen, dessen Name beim Juwelier angegeben wurde. Man empfahl ihm aber, sich an einen gewissen Hidde Kivit zu wenden, sollte er einmal hierher reisen. Dieser Herr sei auf Borkum eine Art Fremdenführer und wisse daher besonders viel über Borkums Vergangenheit.
Gedankenverloren drehte er die goldene Taschenuhr in seinen Händen und klappte den Deckel auf.
Er konnte gar nicht zählen, wie oft er in den letzten Tagen die Inschrift gelesen und sich die Hexe Nannie im kurzen Hemd betrachtet hatte.
Die Überfahrt dauerte jetzt schon über zwei Stunden. Noch war die Insel nicht in Sicht. Das Wetter war gut, die Sonne schien warm und so konnte man es gut im Windschatten an Oberdeck aushalten. Bald schon kam die Insel in Sicht, doch Michael Seeden hatte das Gefühl, dass das Schiff vorbeifahren wollte. Auf seine Anfrage bei einem der Matrosen an Bord meinte dieser: „Wir müssen uns an das Fahrwasser halten, mein Herr. Es gibt hier viele Sandbänke. Bald werden wir aber beidrehen und auf Borkum zuhalten.“
Im Weitergehen hörte Michael, wie der Matrose andere Leute anwies: „Meine Herrschaften, bitte nicht die Möwen füttern.“ Auf die darauf folgenden spitzen Bemerkungen einer Dame, „Warum denn nicht, das sollten Sie gefälligst uns überlassen“, meinte er nur mild: „Sie werden es schon noch merken.“ Wie um seinen Worten Nachdruck zu verleihen, klackste auch schon ein großer weißer Fleck direkt vor ihren Füßen auf das Oberdeck. Lachend wendete Michael sich ab.

Eine kleine Eisenbahn brachte die Reisenden vom Schiffsanleger in den Ort. Sie durchfuhren eine Wattlandschaft, in der es nur so von Seevögeln wimmelte. Schwärme, wie der junge Mann noch nie zuvor gesehen hatte. Überall sah er riesige Felder mit blauem Strandflieder, dazwischen waren Wasserläufe zu erkennen. Danach folgte eine Strecke durch Dünen, bevor der kleine Ort in Sicht kam.
Als sie den Inselbahnhof erreichten, kam die Bahn schnaufend zum Stehen. Über dem Eingangstor zum Bahnhofsgebäude hing ein großes grün-weißes Schild mit der Aufschrift: Erbaut 1888.
Bei dem netten Bahnhofsvorsteher konnte er seine Reisetasche stehen lassen und begab sich erst einmal auf einen Rundgang durch den Ort. Überall sah er Neubauten, vornehmlich am Strand und im Ortskern um den Bahnhof herum. Es handelte sich um Hotels oder große Pensionshäuser. Auch die Straßenbepflasterung war neu. Es war leicht zu erkennen, dass diese kleine Insel in den letzten Jahren einen enormen wirtschaftlichen Aufschwung zu verzeichnen hatte.
Nach einem etwa zweistündigen Rundgang hatte er vom Ort so gut wie alles gesehen und ging zurück zum Bahnhof, um sein Gepäck zu holen.
„Hidde Kivit, Friesenstraße, wo finde ich ihn?“, fragte er den Bahnhofvorsteher, der ihm seine Tasche reichte.
„Da haben Sie es nicht weit.“ Mit ausgestrecktem Arm zeigte er auf die gegenüberliegende Seite. „Die Straße rein, zweites Haus von links.“
Am besagten Haus angekommen, suchte er vergeblich nach einer Glocke oder einem Türklopfer.
„Gehen Sie einfach rein, die Türen stehen hier immer offen“, riet ihm eine Frau, die seine Suche bemerkte. So öffnete er die Tür und fand sich in einem langen Hausflur wieder, der

gar nicht zu enden schien. Auf sein Rufen hin hörte er aus dem hinteren Teil des dunklen Flures: „Hier bin ich, hinten, in der Sommerküche." Er ging der Stimme nach. Unter einer Sommerküche konnte er sich beim besten Willen nichts vorstellen. Vor ihm stand eine junge Frau, mit roten lockigen Haaren. Sie trocknete sich ihre Hände an der Schürze ab. Für einen Moment starrte er sie an. So eine schöne Frau hatte er noch nie gesehen, war sein erster Gedanke. Und diese grünen Augen! Er riss sich zusammen.
„Ich suche Herrn Hidde Kivit."
„Das ist mein Mann, er ist aber im Moment leider nicht zu Hause. Kann ich Ihnen helfen?", fragte sie freundlich und strich eine widerspenstige Locke aus dem Gesicht.
„Ich hätte ihn gern gesprochen."
„Kommen Sie doch heute Abend wieder vorbei, so gegen sieben, dann erreichen Sie ihn bestimmt."
„Danke. Wo könnte ich denn wohl übernachten?"
„Da bleiben Sie doch am besten gleich hier. Übernachtung und Vollverpflegung zu angenehmen Preisen", erwiderte sie lächelnd und drängte sich an ihm vorbei in den Flur. Ein leichter Duft von Pyrola stieg ihm in die Nase und er folgte ihr die Treppe hinauf in sein angemietetes Zimmer.

Die hölzerne Veranda des Hauses Kivit wurde als Speisezimmer für die Gäste benutzt. Sie war gemütlich eingerichtet. An den Wänden hingen maritime Stücke. Man hatte von hier aus einen guten Blick auf die Straße.
Nachdem alle Gäste des Hauses zu Abend gegessen hatten, setzte sich Hidde Kivit zu Michael Seeden an den Tisch. Sie sprachen einige Zeit über Belanglosigkeiten wie das Wetter, die Insel und ihre Sehenswürdigkeiten.
Auf die Frage nach der Einwohnerzahl kam von Hidde die Antwort wie aus der Pistole geschossen. „Zweitausendein-

hundertundvierzehn. Plus siebzig Pferde, gut vierhundert Rindviecher und Schafe, hundert Schweine und diverse Ziegen sowie Federvieh.“ Laut prustend lachten sie gemeinsam. „Ich bin hier so eine Art Fremdenführer, daher weiß ich die Zahlen so genau“, erklärte Hidde. Die Männer waren sich auf Anhieb sympathisch. „Und jetzt zum Kern Ihres Anliegens. Sie sind doch sicherlich nicht hier, um die Anzahl der Rinder und Schweine zu erfahren.“ Hidde lehnte sich gemütlich auf seinem Stuhl zurück und betrachtete Seeden interessiert.

Michael Seeden hatte sich ursprünglich vorgenommen, vorsichtig an die Sache heranzugehen. Ähnlich wie der bekannte Detektiv Sherlock Holmes. Ihre Vertrautheit jedoch, die in dieser kurzen Zeit entstanden war, ließ seinen Vorsatz fallen. Er erzählte seine Geschichte. Wie er als kleiner Junge seinen Vater sehr vermisste und sich bereits damals vorgenommen hatte, ihn eines Tages zu finden. Über die negativen Auskünfte der Ämter berichtete er, bis hin zum Juwelier aus Bremen. Während seines Berichtes konnte Seeden beobachten, wie Hidde Kivit mit einem Bleistift begann, auf der Tischdecke zu malen. Er zeichnete den rechteckigen Turm, den Seeden vor wenigen Stunden das erste Mal gesehen hatte. Dann wechselte der Bleistift in Hiddes Fingern die Hand und fügte gedankenverloren, ohne an Bildqualität zu verlieren, dem Turm ein Skelett hinzu. Beide Zeichnungen, ob nun mit der linken oder der rechten Hand gemalt, waren sehr detailgetreu. Von der Malerei leicht abgelenkt und etwas irritiert kam Seeden zum Ende seiner Geschichte. Er zog die goldene Taschenuhr aus seiner Jackentasche und legte sie vor Hidde auf den Tisch, direkt neben die Bleistiftzeichnungen.

„Ihre Frau wird böse sein, wenn sie Ihre Malereien auf der Tischdecke sieht“, flüsterte Michael und pochte mit dem

Zeigefinger darauf. „Das Gebäude ist der alte Leuchtturm?“ Lieber hätte er nach dem Skelett gefragt, doch irgendetwas hinderte ihn.
„Oh“, entgegnete Hidde. Er machte den Eindruck, als sei er aus den tiefsten Gedanken herausgeholt worden. Er zuckte sogar ein klein wenig zusammen. „Richtig, der alte Turm.“ Hidde betrachtete sein Gemälde mit einem düsteren Gesichtsausdruck, dass es Seeden schauderte. Hohl, als wäre es nicht seine eigene Stimme, sagte Hidde: „Wenn ich mich recht erinnere, war ich damals gerade zehn Jahre alt. Wussten Sie, dass Ihr Vater an dem Tag verschwand, an dem der alte Turm in Flammen aufging? Ich werde es nie vergessen! Wie eine gewaltige Fackel stand er da. Als Kind hatte ich noch Jahre lang Alpträume davon. Aber das nur nebenbei.“
„Glauben Sie, es gibt da einen Zusammenhang zwischen diesen beiden zeitgleichen Ereignissen?“, wollte Seeden aufgeregt wissen.
„Kann schon sein“, meinte Hidde ausweichend und fügte nach langer Pause hinzu: „Es wird sicher nicht einfach sein, den jungen Mann zu finden, der diese Uhr in Bremen verkauft hat. Sie glauben doch, er lebt hier auf der Insel?! Ja. Wir müssen damit rechnen, dass er damals, als Ihr Vater verschwand, noch nicht einmal geboren war.“
„Möglich“, sagte Michael Seeden trüb. Der eben entstandene Hoffnungsschimmer war genau so schnell wieder verloren.
„Ich denke, wir können von vornherein ausschließen, dass er Ihren Vater gekannt hatte. Daraus müssen wir folgern, dass er die Uhr von einem älteren Menschen bekommen hat. Ob nun geschenkt oder gar gestohlen, bleibt abzuwarten. Gefunden hat er sie sicherlich nicht, jedenfalls nicht draußen, oder in irgendwelchen Kellern oder Speichern. Dann wäre

die Uhr nicht in diesem tadellosen Zustand. Auf den Inseln und an der Küste haben wir eine aggressive Salzluft. Da liegt es nahe, dass die Uhr immer gut aufbewahrt wurde."
Michael war erstaunt über die Folgerungen Hiddes. Er selbst hatte an diese Punkte noch nicht gedacht.
„Es wird nicht einfach sein! Borkum ist klein, Geheimnisse kann man nur schwer geheim halten. Ich bin hier geboren und aufgewachsen, aber von dieser Uhr habe ich noch niemals etwas gehört."
„Sie wollen mir also helfen?"
„Klar, mal was anderes als Fremdenführung", antwortete Hidde fröhlich.

Später, als Hidde und Imke im Bett lagen, erzählte er seiner Frau von der Geschichte des Gastes.
„Schade, dass Onkel Klaas nicht mehr lebt, der könnte sicherlich einiges dazu sagen", meinte Hidde. „Habe ich dir eigentlich schon von ihm erzählt?"
Lächelnd strich Imke ihm seine widerspenstigen Locken aus der Stirn. „Mehr als einmal, mein Schatz. Mir ist es, als hätte ich ihn selbst gekannt." Vorsichtig nahm sie ihm die Brille von der Nase und legte sie auf den Nachttisch. „Es gibt noch genügend alte Leute, die du nach der alten Geschichte fragen kannst. Die Tante von Maria Mase zum Beispiel, Lore Badill, die weiß doch auch immer alles. Sie ist zwar uralt, aber immer noch recht helle. Schade, dass Vater und Mutter im Moment verreist sind. Sie könnten dir sicherlich weiterhelfen."

Maria Mase saß in ihrem Lieblingssessel, sie hatte eine schöne Handarbeit auf ihrem Schoß liegen. Wie so oft an stillen Abenden, dachte sie an ihre Vergangenheit. Sie hatte es in ihrem Leben wirklich nicht einfach gehabt. Dirk Mase

lernte sie in ihrer Heimatstadt Bremen kennen und lieben. Wie konnte man auch an solch einem Mann vorbei? Ein Kerl wie aus dem Märchenbuch, groß, blond, blauäugig und eine Figur wie eine griechische Statue. Der Vergleich zum Märchenbuch war richtig. Konnte sich Dirk doch von einer Sekunde auf die nächste von einem aufmerksamen Mann in einen Teufel verwandeln. Doch bis sie das gemerkt hatte, war es leider schon zu spät. Sie waren verheiratet und Maria ging mit Johannes schwanger. Dass sich Dirk in all den Ehejahren selten zu Hause blicken ließ, war ihr im Grunde genommen ganz recht, auch wenn das Leben als alleinerziehende Mutter nicht einfach war. Aus diesem Grunde war sie damals überglücklich, auf Borkum eine Bleibe gefunden zu haben. Das Tante Lore sich so rührend um den kleinen Johannes kümmerte, war ihr recht. Auch wenn sie dadurch in Kauf nehmen musste, dass der Junge völlig verwöhnt wurde. Gott sei Dank hatte ihr Sohn sich prächtig entwickelt und Maria dankte Gott in ihren Gebeten, dass er die schlechten Charaktereigenschaften seines Vaters nicht geerbt hatte.
Kaum zu ertragen war für Maria die Zeit, als sie nach Dirks Tod sein elterliches Haus abreißen ließ. Hätte sie damals gewusst, was auf sie zukam, sie hätte es bleiben lassen. Dirks stete Mahnung, das Haus nicht zu verkaufen, hatte sie in den Wind geschlagen. Doch es war seit Jahren unbewohnt, auch wenn sich der widerliche Gestank mit der Zeit verflüchtigt hatte. Es war baufällig und verkommen. So nahm sie gerne das Kaufangebot eines Mannes an, der an dieser Stelle eine Pension bauen wollte. Das Geld konnte sie gut gebrauchen, denn das Haus in der Friesenstraße, das Dirk kurz vor seinem Tod gekauft hatte, war zwar neu, doch groß und musste zu einem Hotel eingerichtet werden, um auch in Zukunft ihren Unterhalt finanzieren zu können.

Maria war froh, mit ihrer Nachbarin Imke Kivit, der Schwiegertochter ihrer Freundin Fenna, ein gutes und freundschaftliches Verhältnis zu haben. Als sie hierher zog war es ihr anfänglich nicht leichtgefallen, mit der Tatsache klarzukommen, dass hier jeder jeden kannte und auch die kleinste private Kleinigkeit nicht lange geheim blieb. In der Großstadt war es in dieser Hinsicht leichter gewesen. Gewöhnungsbedürftig für Maria waren auch die Vornamen. In Bremen hatte man Namen wie Anneliese, Ruth, Alfred oder Hermann. Hier gab es Namen wie Wiard, Ommo, Tabea oder Deikje.

Ja, die allerschlimmste Zeit war, als die Überreste einer Leiche beim Abriss des Hauses in der Pütte gefunden wurden. Maria war genauso schockiert gewesen, wie alle anderen. Es war zu offensichtlich, dass die verschollene Rika Mase nicht von alleine in die Pütte gelangt war, da diese von außer verschlossen und die Ritzen zugestopft waren. Keiner konnte sich vorstellen, welch ein Spießrutenlaufen es für sie war, als Ehefrau eines Mörders zu gelten. Nächtelang hatte sie in ihre Kissen geweint, wenn wieder einmal hinter ihrem Rücken getuschelt wurde, wenn ebenso laut über sie gesprochen wurde, dass sie es auf jeden Fall auch mitbekam. Da waren ihr doch die Leute lieber gewesen, die es ihr glatt ins Gesicht sagten, was sie dachten. Maria bliebt nur auf der Insel, weil sie anderen Ortes keine Existenz hatte. Die Freundschaft zu Fenna Kivit, die sich im Laufe der Jahre immer mehr festigte, half ihr damals sehr. Maria blieb nicht verborgen, was Dirk damals Fenna und Athe angetan hatte. Um so dankbarer war sie um deren Freundschaft. Die Ähnlichkeit, die beide Frauen miteinander hatten, ließ sie wie Schwestern wirken und so fühlten sie auch zueinander.

Zwei Tage war Michael Seeden jetzt auf Borkum. Schon nach kurzer Zeit hatte er es aufgegeben, alte Borkumer nach früheren Zeiten zu fragen. Er kam schwer mit ihnen zurecht. In seinen Augen waren sie stur und das von ihnen gesprochene plattdeutsche Wort machte ihm Schwierigkeiten. Er ahnte, diese Menschen konnten sehr wohl hochdeutsch sprechen, doch wenn sie keine Lust zur Unterhaltung hatten, wechselten sie ins Plattdeutsche. Vielleicht lag es auch an ihm? Michael fand nicht den richtigen Draht zu den Insulanern.
Es beruhigte der Gedanke, dass Hidde versprochen hatte, sich um seine Angelegenheiten zu kümmern. So konnte er mit einem kleinen Anflug von schlechtem Gewissen die Segeltour, die Hidde für die Gäste veranstaltete, mitmachen und genießen.
Es war ein wunderbar warmer Tag. Pünktlich, mit Einsetzen des Ebbstroms, gelangten sie in das Watt. Hidde fuhr nahe an die steile Sandbankkante heran und sie mussten einige Zeit warten, ehe das Schiff trocken fiel. Nachdem der Anker fest in den Sand gegraben war und die Jakobsleiter außenbords hing, damit sie zu späterer Zeit auch wieder an Bord konnten, verließen alle das Schiff. Jeder der Gäste war mit einem Stock bewaffnet und Hidde hatte ein großes Netz über seine Schulter geworfen. Auf der Fahrt hierher hatte er seinen Gästen erklärt, wie das Buttjen (Fische fangen im Watt), vonstatten ging. Doch in der Theorie hatte es nicht jeder verstanden. So standen alle etwas planlos herum, als sie einen langgezogenen Priel – einen Wasserlauf – erreichten. Hidde teilte zwei Personen ab, die mit dem langen Netz den Priel absperrten. So stand auf jeder Seite des Priels ein Gast in der Sonne, hielt das Netz fest in seinen Händen und schaute erwartungsvoll auf die anderen, die sich entfernten. Gut einhundert Meter vom gespannten Netz begaben sie

sich zu Wasser. Das Wasser war warm und nicht sehr tief. Stellenweise ging es einem bis zum Bauch, doch meistens war es niedriger. Auf Kommando begannen alle mit den mitgebrachten Stöcken rhythmisch in den Sandboden zu stechen, um sich hin- und herlaufend langsam auf das Netz zu bewegen.
Die Scholle ist ein Fisch, der sich leicht in den Sandboden eingräbt. Durch das Stochern mit den Stöcken wurden sie aufgescheucht und in Richtung Netz getrieben.
Hidde hatte den beiden Netzhaltern eingeschärft, dass sie auf jeden Fall darauf achten mussten, dass das Netz den Boden berührte, damit kein Fisch darunter entkam.
Langsam und vorsichtig wurde das Netz zusammengezogen, immer darauf achtend, dass es weiterhin auf dem Sandboden blieb. Als sie es endlich auf die Sandbank ziehen konnten, zappelten etwa fünfzig kleine und mittlere Schollen darin. Das würde für eine zünftige Mahlzeit reichen.
Zurück am Schiff holte Hidde einen Petroleumkocher, eine Pfanne und ein paar Teller auf die Sandbank. Mit geübtem Griff wurden die Fische schnell aufgeschlitzt und ausgenommen. Mit einer Schere schnitt er großzügig den Kopf und den äußeren Grätenrand ab. Nachdem die Fische noch einmal im Salzwasser gewaschen wurden, wanderten sie in die heiße Butter. Ein köstlicher Duft stieg allen in die Nase.
„Es riecht gar nicht nach Fisch“, stellte einer der Gäste verwundert fest.
„Frischer Fisch riecht beim Braten nicht und frischer als hier geht es nun wirklich nicht“, lachte Hidde und verteilte die ersten Schollen, die knusprig braun auf den Tellern lagen.
„Besteck gibt es leider nicht, meine Herrschaften, aber Sie werden merken, man kann den Fisch leicht von den Gräten abessen.“

Keiner der Gäste hatte jemals einen so köstlichen Fisch gegessen und so manch einer aß mehr, als sein Magen vertragen konnte.
Satt und zufrieden, mit vollem Bauch sehr träge, gingen sie zurück an Bord und machten sich auf die Heimreise. Das Meerwasser war in der Zwischenzeit so hoch aufgelaufen, dass sie das Boot nur watend erreichten. Gleich, nachdem sie den Anker gezogen und sich ein wenig entfernt hatten, fielen die Möwen über die zurückgelassenen Essensreste her. In wenigen Sekunden war nichts mehr zu sehen.

Am selben Abend konnte Michael Seeden kaum etwas von dem Abendbrot essen, das Imke in der Veranda servierte. Nachdem die Tische alle abgeräumt waren, setzte Hidde sich zu ihm.
„Ich habe noch mal mit einigen von den alten Insulanern gesprochen, die den Brand vor zweiundzwanzig Jahren miterlebt hatten. Alle stimmten darin überein, dass an dem Tag nach dem Brand ein menschliches Gerippe in der Brandruine gefunden wurde. Aber das wussten wir ja schon. Die meisten waren der Meinung, dass es sich da um ein damals schon altes Gerippe gehandelt haben musste. Erstens, weil durch den Brand ein vorher zugemauerter Raum freigelegt wurde, in dem es gelegen haben musste und zweitens, weil kein Mensch auf der Insel vermisst wurde. Natürlich sind damals Untersuchungen von der Polizei durchgeführt worden. Es war extra ein Inspektor vom Festland angereist. Man kam jedoch zu keinem befriedigenden Ergebnis. So war natürlich die Geschichte mit dem eingemauerten Gerippe die einfachste Lösung.“
„Aber wäre es nicht doch möglich, dass es sich hier um meinen Vater handelte?“, fragte Michael schaudernd. Er wagte sich kaum vorzustellen, wie qualvoll der Verbrennungstod gewesen sein musste.

„Daran habe ich auch gedacht“, sagte Hidde. „Aber wie soll Ihr Vater in den Turm gekommen sein?“
„Vielleicht ist er an den Strand angetrieben worden und hat sich bis dorthin geschleppt?“
„Nein, auf der Strecke vom Strand bis zum Turm stehen eine Menge Häuser, das war schon damals so. In der Nacht war ganz Borkum auf den Beinen, also ist auch in jedem Haus Licht gewesen. Warum sollte Ihr Vater da an etlichen Häusern vorbei, nur um dann in einen Turm zu gehen, in dem es nur hoch oben Licht gab, der aber unten dunkel war? Sehr unwahrscheinlich.“
Dem musste Michael zustimmen.
„Na ja, das war es dann wohl. Ich bedanke mich auf jeden Fall für Ihre Hilfe. Morgen nachmittag werde ich mit dem Dampfer die Insel wieder verlassen. Ich glaube, es ist langsam für mich an der Zeit, mich damit abzufinden, das es über den tatsächlichen Verbleib meines Vaters keine Erklärung geben wird.“
Maria Mase saß bei Imke Kivit in der Küche. Der Wasserkessel dampfte, die Teetassen standen auf dem Tisch. Weder Imke noch Maria waren auf der Insel geboren und aufgewachsen und doch hatten sie sich schnell das tägliche Teetrinken, verbunden mit der Ruhe, zu eigen gemacht. Maria hatte bisher noch kein Wort gesagt, sie starrte nur sprachlos auf die Tischdecke. Die Tür ging auf, ein Maria fremder Mann kam herein. „Ich möchte mich von Ihnen verabschieden, Frau Kivit. Mein Schiff geht bald. Außerdem habe ich meine Uhr dagelassen“, sagte er freundlich und griff zwischen die Teetassen hindurch nach dem Gegenstand, den Maria gebannt anstarrte.
„Halt“, rief sie so hart, dass der junge Mann erschrocken innehielt und sie überrascht anblickte. „Was wollen Sie mit unserer Uhr?“, fauchte Maria ihn an.

Für Sekunden herrschte absolutes Schweigen. Mühsam, wie ein alter Mann griff Michael nach einem Stuhl. Er musste sich erst einmal hinsetzen. Ein Blick in Imkes Gesicht versicherte ihm, sie dachte das Gleiche.
„Wieso Ihre Uhr?“ Mehr konnte Michael nicht fragen.
Marias Mund kräuselte sich zornig. „Das ist die Uhr meines Mannes“, empörte sie sich. In der Zwischenzeit war Hidde dazugekommen und Maria begann zu erzählen.
Diese schöne Uhr hatte ihr verstorbener Ehemann immer vor fremden Augen versteckt gehalten. Nie habe er sie getragen, was Maria immer gewundert hatte, da er ein sehr angeberischer Mensch gewesen war. Die prächtige Uhr hätte gut zu seinem Gehabe gepasst. Sie wagte nie, sich ihm zu widersetzten, da er sehr schnell aufbrausend und wütend wurde. Also kam eine eingehende Befragung nach dem Grund dafür nicht in Frage. Ihr blieb nur, sich über sein Gehabe mit der Uhr zu wundern und zu schweigen. Nach seinem Tod hatte sie die Uhr auf den Speicher in einem kleinen Kästchen deponiert und dann vergessen. Sicherlich, weil sie immer ein ungutes Gefühl beim Anblick empfand.
So fügte sich für alle in der Küche an diesem Tag ein Puzzlestück zum anderen. Die kleine Gruppe kam zu dem gemeinsamen Schluss, dass es nur Johannes, Marias Sohn, gewesen sein konnte, der die Uhr in Bremen verkauft hatte.
Schweren Herzens berichtete Michael Seeden Maria seine Geschichte. Als er geendet hatte, war sie in Tränen aufgelöst, da ihr die ganze Tragweite bewusst wurde.
„Nicht schon wieder“, jammerte sie qualvoll. „Das halte ich nicht ein weiteres Mal aus.“ Ihr Wimmern war herzzerreißend. „Die Witwe eines Muttermörders zu sein, daran habe ich mich im Laufe der Jahre gewöhnt. Aber ein erneutes Spießrutenlaufen, weil er ein Doppelmörder war, womöglich noch weitere Menschen auf dem Gewissen?

Nein, das kann ich nicht noch einmal ertragen."
Hidde nahm sie beruhigend in die Arme. Über ihre Schulter hinweg schaute er Michael bittend an. Dieser nickte leicht.
„Was haben wir davon, es irgend jemandem zu erzählen?", sagte Hidde. „Es ist ja noch nicht einmal bewiesen, ob er es wirklich gewesen ist. Er könnte die Uhr auch gefunden haben."
„Und das Geld, dass mein Vater angeblich bei sich hatte?"
„Sie sagten es bereits! Angeblich! Kein Mensch kann heute noch beweisen, dass Dirk Mase Ihren Vater getroffen und ihm Geld und Uhr abgenommen hat. Und sollte es wirklich so gewesen sein, wäre Maria finanziell erledigt, sollte man sie dafür haftbar machen. Sie würde ihr Leben lang für etwas abzahlen müssen, was sie nicht verschuldet hat. Garantiert ist damals für den entstandenen Schaden der Reederei die Versicherung eingesprungen. Ich sehe keinen Grund, warum wir alles wieder aufleben lassen sollten. Nach zweiundzwanzig Jahren!"
Lange diskutierten sie darüber, bis es an der Zeit war, schlafen zu gehen. Sie hatten vereinbart, niemandem etwas zu erzählen, es sollte ihr Geheimnis bleiben. Michael Seeden nahm das erste Schiff am folgenden Tag.

Bis zum kommenden Herbst hörte keiner etwas von der Sache.
Es war früher Nachmittag. Die Wolken waren dunkel verhangen, der erste Herbststurm fegte über die Insel. Imke traute sich trotz des schlechten Wetters vor die Haustür, da sie etwas frische Luft schnappen wollte.
Schon von weitem konnte sie Maria die Straße vom Strand herunterkommen sehen. Der Wind zerrte an ihrem Mantel,

so dass der wollene Rock und die dunklen Strümpfe sichtbar wurden. Sie trug bereits ein Kopftuch, denn der Wind war doch schon beträchtlich kalt. Mit einer Hand hielt sie sich den Mantelkragen zu, man konnte auch schon einen Schal vertragen, den sie sicherlich vergessen hatte. Mit nach hinten durchgedrücktem Rücken kam sie für einige Schritte ins Laufen, als eine kräftige Windbö sie voran schob. Als sie an Imke vorbeikam, erwiderte sie nur knapp ihren Gruß und verschwand schnell in ihrem Hauseingang. Imke wusste sofort, irgendetwas konnte nicht stimmen. Maria war in den letzten zwei Tagen nicht zum gewohnten Teestündchen gekommen und Imke hatte es darauf geschoben, dass ihr Sohn Johannes zu Besuch zu Hause war und Maria aus diesem Grunde keine Zeit für ihre Nachbarin hatte.
Wenn sie jedoch genauer darüber nachdachte, war es eine oberflächliche Erklärung. In früheren Zeiten kam Maria auch dann zum Tee herüber, wenn ihr Sohn zu Besuch war.
Irgendetwas musste Maria verstimmt haben. Imke kannte sich genau. Diese Ungewissheit würde sie den ganzen Tag beschäftigen und beunruhigen, also entschloss sie sich, der Sache sofort auf den Grund zu gehen.
So kam sie in Marias Hausflur, als diese gerade ihren Mantel an die Garderobe hängte. Maria begrüßte sie mit einem bösen Blick, der sich dann in eine weinerliche Miene änderte. Sofort nahm Imke sie fürsorglich in den Arm und führte ihre Nachbarin in die Küche. Als sie Maria sanft in einen Küchenstuhl drückte, brach diese in Tränen aus.
Unter Schluchzen klagte sie: „Gerade von euch hätte ich das nicht erwartet." Imke zog einen Stuhl an Marias Seite und setzte sich. Sie ließ Maria weinen, bis sie sich ein wenig beruhigte.
„Jetzt sag mir endlich, was hättest du nicht von uns erwartet?"

Erneut brach ein Tränensturzbach aus ihr heraus. „Ihr habt es mir fest versprochen. Du, dein Mann und auch dieser Fremde, der Seeden. Ich habe euch vertraut, ich dummes Schaf. Hätte es eigentlich besser wissen müssen“, flüsterte sie bitter. „Gerade von dir, von dir hätte ich es nicht erwartet. Nun geht alles wieder von vorne los. Die Leute glotzen, als wenn ich ein Fabeltier wäre.“
„Keiner glotzt, als wenn du ein Fabeltier wärst.“
„Beim Einkaufen muss ich mich wieder schief anschauen lassen und böse Kommentare schlucken. – Kaufen Sie gefälligst woanders ein – !“
„Wer sagt, du sollst woanders kaufen?“
„Keiner. Aber die Frau von Fischers Basar wird die Erste sein. Die trägt sowieso die Nase gewaltig hoch, seitdem ihr Mann nicht nur Kaufmann, sondern auch Rezeptor der Sparkasse ist.“
Imke schoss der Gedanke durch den Kopf, sich Frau Fischer vorzuknöpfen. Diese verkaufte Hiddes erjagte Seehundsfelle in ihrem Laden, in dem allerlei wie Eisen-, Kurz- und Korbwaren, Badeartikel und Postkarten, neben den Sparkassengeschäften, verkauft wurden.
„Ich verstehe immer noch nicht was du meinst?“, sagte Imke. Maria hörte sie gar nicht zu, sie bejammert weiter ihre Zukunftsaussichten. Erst als der Name Seeden ein zweites Mal fällt, wusste Imke endlich, um was es ging.
„Maria, wie kommst du auf den Gedanken, dass einer von uns unser Geheimnis ausgeplaudert hat?“
Ohne Imke zu antworten, erhob sich Maria, ging an ihre Küchenschublade, kramte kurz in ihr herum und reichte dann wortlos und mit vorwurfsvollem Gesichtsausdruck einen Zettel herüber.
„Ihr Mann ist ein Doppelmörder! Wenn ich stillschweigen soll, dann zahlen Sie hundert Mark. Legen Sie das Geld

am 14. Oktober um 15 Uhr unter den großen Stein vor der Lesehalle der Warmbadeanstalt", stand dort in einer fast unleserlichen Sütterlinschrift.
„Soviel Geld", begann Maria zu jammern. „Weißt du, wie lange ich dafür arbeiten muss, wenn ich von einem Gast sieben Mark für Vollpension erhalte?"
Imke nickte, sie konnte es sich vorstellen. „Aber der Vierzehnte, das war gestern. Sag nicht, du hast bezahlt!"
„Natürlich", jammerte Maria. „Was soll ich denn machen?"
Wieder brach sie in Tränen aus. „Es war genau die Hälfte von dem, was ich für die langen Wintermonate gespart hatte." Es dauerte etwas, bis sich Maria beruhigte. „Ich komme gerade von der Warmbadeanstalt. Bei diesem Wetter, dachte ich, traut sich sicherlich keiner raus. Vielleicht habe ich Glück und das Geld liegt noch immer da. Aber es war weg!"
„Wer kann nur so etwas machen? Ich verspreche dir hoch und heilig, weder Hidde noch ich haben unser Geheimnis irgendjemandem erzählt. Da kannst du absolut sicher sein. Bleibt dann nur Michael Seeden übrig. Aber der lebt auf dem Festland. Ich hatte den Eindruck, auf den Mann kann man sich verlassen. Hast du vielleicht jemandem von der Geschichte erzählt?"
Maria schüttelte den Kopf. „Nein."
„Aber wenn der Seeden es war", gab Imke zu bedenken, „der das Geheimnis verraten hat, dann muss er entweder selbst auf der Insel gewesen sein oder er hat jemanden geschickt."
Maria nickte heftig.
„Dann hätte diese Person gestern schon den ganzen Tag auf der Insel sein müssen, denn sonst hätte sie den Termin um fünfzehn Uhr nicht geschafft", folgerte Imke weiter. „Seeden selbst hätte sicherlich einer von uns dreien erkannt,

um diese Jahreszeit ist die Insel wie ausgestorben und ein Fremder fällt auf wie ein bunter Hund."
„Er hätte noch früher auf der Insel sein müssen", machte Maria den Einwand. „Ich habe den Zettel bereits am Zwölften vorne im Hausflur gefunden."
„Dann ist es noch unwahrscheinlicher, dass es ein Festländer gewesen war."
„Was mache ich jetzt nur? Bestimmt wird das nicht die letzte Erpressung sein."
Imke wusste auch keinen Rat, versprach allerdings, sich mit ihrem Ehemann zu beraten, wie zu helfen sei. Auch versicherte sie Maria erneut Stillschweigen über die Geschichte zu halten.

Marias Befürchtung, weitere Erpressungen würden folgen, trat nicht ein. In den kommenden Wintermonaten sprachen die beiden Frauen oft darüber. Mit der Zeit verlor Maria das Gefühl, sich nie wieder ungezwungen unter ihren Mitmenschen bewegen zu können, ohne diesen oder jenen der Erpressung zu verdächtigen.
So verging fast ein ganzes Jahr, bis zum kommenden September. Wieder schien der Erpresser über Marias finanzielle Situation bestens informiert zu sein, denn er lies ihr gerade soviel von ihrem Ersparten übrig, um den kommenden Winter ohne Einkünfte aus dem Tourismus zu überstehen.
Sofort hatte Maria Imke und Hidde wieder in Verdacht. Der Stachel saß tief. Sie konnte und wollte nicht glauben, dass ihre besten Freunde ihr das antun könnten. Sie besuchte Imke weiter zur Teezeit, suchte dabei ständig nach irgendwelchen Kleinigkeiten, einen Versprecher, einen ausweichenden Blick oder verräterischer Geste. Doch so sehr sie sich mühte, Imke und Hidde wirkten aufgeschlossen und ehrlich wie immer. So wurde Maria bitter und verschlossen, sie führte

Selbstgespräche und ihr Herz verhärtete sich. Gern wollte sie an die treue Freundschaft der Kivits glauben, doch kam ihr immer wieder der Spruch ins Gedächtnis: „Was brauche ich Feinde, wenn ich Freunde habe?“

September 1923

„Hinderk, geh‘ mal nach hinten und hole mir von deiner Mutter noch einen Wäschekorb.“ Sichtlich genervt nahm Hidde einen dicken Stapel Geld in Empfang.
Lohnt sich kaum es zu zählen, dachte er. Laut sagte er zu seiner Kundin: „Nur gut, dass sie jetzt die Zahlen dick an die Seite der Geldscheine drucken und die Millionen in Buchstaben dahinter setzen, bei so vielen Nullen auf den Scheinen komme selbst ich ins Schleudern.“ Es sollte lustig klingen, aber selbst Hidde, der sonst zu jedem Späßchen bereit war, blieb in letzter Zeit das Lachen oft im Halse stecken.
„Wissen Sie“, meinte er freundlich zur Kundin, „seit kurzem gibt es Notgeldscheine. Ausgestellt werden sie von der Gemeinde. So weit sind wir mittlerweile, wir drucken unser Geld selbst. Man stelle sich vor, fünfzig Milliarden Mark auf einen Schein, und was kriegen wir dafür?“ Es war mehr eine Feststellung als eine Frage. Er erwartete hierauf keine Antwort. Die Frau schüttelte ebenfalls resigniert mit ihrem Kopf und verlies den Laden.
Vor ein paar Jahren hatte die Familie Kivit in ihrem Haus in der Friesenstraße ein kleines Ladenlokal eingerichtet. Dafür hatten sie die Veranda zur Straße hin umgebaut. Die Pensionsgäste aßen jetzt in einem anderen Raum. Zuerst eine recht lohnende Einnahme neben dem Pensionsbetrieb, doch mittlerweile verlor die Ware an Wert, wenn er sie nur ins Regal stellte. Die Familie hatte sich vergrößert. Hidde und Imke wurden in den Jahren 1905 bis 1908 drei gesunde Kinder geboren, die jetzt schon fast erwachsen waren.
Hidde schaute seinem Sohn Hinderk entgegen, der mit einem neuen Wäschekorb zurückkam. Hinderk war das Ebenbild

seines Vaters. Die blonden Locken kräuselten sich am Kopf, er hatte eine kleine Stupsnase und die himmelblauen Augen blickten durch Brillengläser offen und ehrlich in die Welt. Gemeinsam machten sie sich an die Kasseneinnahmen. Sie passten schon lange nicht mehr in die mit Silber beschlagene Registrierkasse und so wurde das Papiergeld achtlos in den Wäschekorb unter dem Verkaufstresen geworfen. Morgen würde es wieder weniger wert sein.

„Was macht die Lehre", fragte Hidde seinen Sohn.

Hinderk, der eine Ausbildung auf dem Festland machte, war erst heute morgen für ein paar Tage auf die Insel gekommen und die beiden Männer hatten noch keine Gelegenheit gefunden, miteinander zu sprechen. Hidde war froh gewesen, seinen Sohn vor zwei Jahren bei seinem Schwager in die Lehre geben zu können. Er war der Meinung, der Junge müsste erst einmal etwas von der Welt sehen, ehe er den elterlichen Betrieb übernehmen könnte. Ein Risiko, natürlich! Es bestand die Gefahr, dass Hinderk, nachdem er etwas anderes zu sehen bekam, als die winzig kleine Nordseeinsel, nicht mehr zurückkommen wollte. Doch die gesamte Familie, Oma Fenna, Imke und Hidde, sowie Hinderk und seine Geschwister Ida und Enno, hatten alles gemeinsam durchgesprochen und so entschieden. Ida war ein Jahr jünger als ihr Bruder Hinderk. Sie wollte unbedingt zu Hause bleiben, um Mutter und Großmutter bei der Gästebetreuung zu helfen, sie wusste genau, das Heimweh zur Insel würde sie krank machen. Schon zwei Tage in der nahen Hafenstadt Emden waren für sie zu viel. Für den jüngsten Sohn, Enno, der nächstes Jahr die Schule abschließen würde, hatten sie noch keine passende Ausbildungsstelle gefunden. Das würde auch nicht einfach werden, da Enno ein schwieriger Mensch war. Er aufbrausend, jähzornig und sofort beleidigt, wenn es einmal gegen seine Person ging. Er verfügte über Ansichten

und verworrene Gedankengänge, die kein anderer aus der Familie mit ihm teilen konnte. Ziellosigkeit bestimmte sein junges Leben. Ein Sorgenkind, obwohl Hidde sicher war, er würde seinen Weg gehen. Einen steinigen Weg, auf dem er viel anecken würde.
Ehe Hinderk seinem Vater die Frage beantworten konnte, klingelte die Ladentür und herein kam ein junges Mädchen. Sie flötete förmlich ihr fröhliches: „Moin, Herr Kivit“, und warf mit Schwung die Ladentür hinter sich zu, wie es ihre Art war. „Entschuldigung“, meinte sie, als die Tür laut knallte. Sie lächelte entwaffnend erst Hidde und dann Hinderk strahlend an. „Haben Sie die herrliche Seife hereinbekommen? Sie wissen schon, welche ich meine“, fragte sie den Senior, ohne die Augen vom Junior abzuwenden. Hidde griff hinter sich in das Regal und legte Helene die begehrte feine Seife auf den Tresen.
„Sicherlich kostet sie einige hunderttausend mehr als das letzte Mal?“, bemerkte sie mit unbeschwerter Fröhlichkeit, wie sie nur Teenager ausstrahlten.
„Weißt du, Helene, ich gebe sie dir so mit. Vielleicht könnte dein Vater in den nächsten Tagen etwas von seiner köstlichen Hausmacherwurst vorbeibringen!“
„Darauf würde ich mich nicht verlassen“, kicherte Helene und fügte unter Lachen hinzu: „Er kommt kaum vom Klo herunter.“ Sie drehte kokett auf dem Absatz um und verließ den Laden. Mit erneutem lauten Knall schlug die Ladentür ins Schloss. Helene schaute durchs Schaufenster herein und klopfte mit den Fingern dagegen, dabei hob sie entschuldigend ihre Schultern.
„Wer war das denn? Ist die immer so“, fragte Hinderk seinen Vater.
„Helene, aus der Westerstraße. Die kennst du doch. Vor ein paar Jahren hast du ihr immer die Zöpfe auf dem Rücken

verknotet.“ Lächelnd schüttelte er vor seinem Sohn den Zeigefinger.
„Ah, die ist das. Und warum kommt ihr Vater nicht vom Klo herunter?“
„Nun“, Hiddes Augen blitzten fröhlich, ein spitzbübischer Ausdruck huschte übers ganze Gesicht.
„Das Gesicht kenn ich, Vater. Komm erzähl.“
„Ach nichts.“
„Ich hab genau gesehen, wie du schmunzeln musstest. Dieses verschmitzte Lächeln hast du immer, wenn du etwas mit der Sache zu tun hast. Lügen und Heimlichkeiten waren noch nie deine Stärke. Komm schon, ich kann es dir ja vom Gesicht ablesen. Verrate es mir.“ Freundschaftlich knuffte er seinen Vater mit dem Ellenbogen in die Seite.
„Du kennst doch Helenes Vater. Seit Jahren ein geplagter Mann, er leidet ja ständig unter Magepien“, Hidde grinste. Diese Bauchschmerzen überkamen Helenes Vater immer nur in unmittelbarer Nähe von Hiddes Laden. Und dagegen gab es nur ein Gegenmittel, den köstlichen Magenbitter aus Hiddes Lagerbeständen.
„Ach Hidde, mein Magen plagt mich heute wieder entsetzlich“, machte er die Stimme von Helenes Vater nach und drückte imitierend seine Hände gegen seinen Bauch, dabei verdrehte er die Augen.
„Und gestern, da war ich es leid, dass er immer kostenlos meinen Bitter soff. Ich habe dem edlen Getränk einen ordentlichen Schuss Aloe hinzugefügt. Wie du weißt, Aloe sorgt für rege Darmtätigkeit. Der arme Mann hatte Probleme bis zu seinem Heim, musste er doch von Haus zu Haus die Toiletten aufsuchen.“ Ein wechselndes Minenspiel war in seinem Gesicht zu lesen. Einerseits freute Hidde sich über den geglückten Schabernack, andererseits hatte er auch Mitleid.

Doch Unkraut vergeht nicht. Drei Tage später war Helenes Vater wieder da. „Oh Hidde, was hast du mir da wohl gegeben? Min Mase was as´n umgestülpte Hanske.“ (Mein Hintern war wie ein umgestülpter Handschuh).
„Vater, ich möchte meine Lehre nicht beenden“, sagte Hinderk ernst, nachdem sie sich vom gemeinsamen Lachen wieder erholt hatten. „Es liegt nicht an Onkel Karl“, fügte er schnell hinzu, als er das fragende Gesicht seines Vaters sah. „Auch nicht an der Ausbildung oder an der Stadt. Ich habe einfach das Gefühl, ich ersticke dort. In der Großstadt wird nur gerannt, Vater, du kannst dir das gar nicht vorstellen. Und außerdem, mir fehlt das Wasser, die gute Luft, die vertraute Umgebung und die Leute hier.“ Der Junge wirkte niedergeschlagen und seinem Alter weit voraus.
„Lass uns erst deine Ferientage abwarten“, sagte sein Vater, „dann sehen wir weiter. Und jetzt bring schnell diesen Karton mit Ware nach nebenan, zu Maria Mase.“
Hinderk eilte in die Sommerküche statt zur Nachbarin. Dort waren seine Mutter, Großmutter und Schwester bei der Vorbereitung des Mittagessens. Berge von Kartoffeln hatte seine Schwester bereits geschält, es galt jetzt im Sommer über dreißig Feriengäste zu verpflegen. Seine Großmutter stand an der Spüle. Ihr Alter von sechsundsiebzig Jahren konnte man ihr wahrhaftig nicht ansehen. Ihr Gesicht immer noch straff, jedoch mit Altersflecken übersäht, wirkte immer fröhlich. Das kräftige Haar, mit Silberfäden durchzogen, hatte sie nach hinten gekämmt. Von alten Bildern wusste er, wie sie früher als junge Frau ausgesehen hatte. Er war der Meinung, dass sie nicht viel von dieser Schönheit im Alter verloren hatte. Er war stolz auf seine aktive und vitale Großmutter und konnte sich diesen Haushalt nicht ohne sie vorstellen. An seinen Großvater hatte er nur vage Erinnerungen. Das meiste wusste er aus Erzählungen seiner Groß-

mutter, deren Lieblingsthemen fröhliche Geschichten und Anekdoten aus der Vergangenheit waren. Mit einer großen Schere in der Hand beschnitt sie die Schollen und nahm sie aus. Sie machte das so gekonnt, dass keiner der Gäste beim späteren Verzehr der Fische auf lästige Gräten stoßen würde. Es blieb nur das stabile Innengerippe übrig. Zuerst schnitt sie den Schollen den Schwanz ab, ging großzügig, etwa einen dicken Daumen breit über den linken Rand, Fisch leicht gedreht, dann der Kopf ab. Noch einmal den Fisch wenden und den restlichen Flossenrand abgeschnitten. Sie war sehr flink mit ihren Fingern.
Hinderks Mutter Imke hatte bereits die Pfanne auf dem Herd. Bald würden die Fische in der heißen Butter schwimmen. Ihm lief das Wasser im Mund zusammen.
„Frau Mase benötigt diesen Karton", sagte er. „Ida kann ihn je dann herüberbringen". Schon war er verschwunden und hatte seiner Schwester den Botengang zugeschoben. Er wollte sich drücken. Imke nahm ihrer Tochter das Kartoffelschälmesser aus der Hand und übernahm deren Arbeit, damit Ida den Karton schnell zur Nachbarin herüberbringen konnte. Imke dachte eben daran, dass sich ihre Freundschaft zu Maria Mase erst dann wieder eingestellt hatte, als endlich eine Schwiegertochter nebenan einzog. Als dann die ersten Enkelkinder eintrafen, war die leidige Geschichte zwischen ihnen beendet. Maria hatte eines Tages festgestellt, dass jemand ihr Geldversteck entdeckt haben musste, jedoch von dem Ersparten fehlte nichts. Das konnte nur ihr Sohn Johannes gewesen sein. Sie hatte ihn niemals damit konfrontiert, aus Angst, er würde sie nicht mehr besuchen und sie stände völlig allein auf der Welt.
Oh, wie gerne wollte sie an einen gut geratenen Sohn glauben. Damals hatte sie sich für ihr Gespartes ein neues Versteck gesucht und gleichzeitig im alten Versteck immer

einen kleinen Betrag gehalten. Die folgenden Erpresserbriefe verlangten stets gut die Hälfte ihres Geldes. So ließ er ihr immer einen Betrag zum Leben. In ihrer blinden Mutterliebe legte sie es als Fürsorge seinerseits aus. So betrog sie sich selbst. Es waren harte Jahre.
Als dann die Schwiegertochter ins Haus kam, die durch ihren Elan und ihrer tatkräftigen Arbeit schnell in dem kleinen Hotel die finanzielle Situation wesentlich verbesserte, hörten die Erpressungen auf. Mittlerweile waren zehn Jahre vergangen, Marias Leben hatte sich normalisiert, die Scheu vor ihren Mitmenschen schmolz und alte Freundschaften blühten wieder auf.
Jetzt war sie eine alte Frau, doch mit ihrem Leben zufrieden. Sie lebte nicht allein, das Haus war erfüllt mit Leben durch die Kinder und Enkelkinder.

Nachmittags, bei strahlendem Sonnenschein, waren Großmutter Fenna, Imke und deren Tochter Ida in den Dünen. Sie hatten Eimer bei sich, um Sanddornbeeren zu sammeln. Eigentlich war es noch zwei Wochen zu früh für die Ernte, doch der vergangene Sommer war so warm gewesen, dass die Beeren bereits reif waren. Ida liebte Sanddornmarmelade über alles und ihr Vater freute sich auf den Sanddornschnaps, den er daraus herstellen wollte. In den Kriegstagen mussten sie diese Vitamin C reichen Früchte für die Soldaten sammeln, die angeblich Tabletten davon pressten, diese in Wirklichkeit jedoch auch zu Schnaps verarbeiteten. Von wegen Vitamin C! Aber diese Zeit war Gott sei Dank vorbei. Was die drei Frauen heute in mühseliger Pflückarbeit in ihren Eimern sammelten, konnten sie für sich selbst verbrauchen.
„Mama?“ Allein bei der Betonung dieses Wortes wusste Imke, dass ihre Tochter einige Zeit mit sich gerungen hatte,

um die kommende Frage zu stellen. Sie ließ ihre Arbeit ruhen und schenkte ihr ihre volle Aufmerksamkeit.
„Geht Papa heute abend wieder zu dem „Leuchtturm Germanentreu?“
„Sicher. Warum fragst du?“
„Was ist das eigentlich? Ich meine, er geht da immer regelmäßig hin, aber irgendetwas stimmt nicht.“ Imke betrachtete ihre Tochter skeptisch. Dem Kind konnte man noch nie etwas vormachen, dachte sie.
„Siehst du“, erklärte Ida, „wenn Papa vom Stammtisch kommt, dann hat er am kommenden Morgen immer am Frühstückstisch was Neues zu berichten. Wirklich interessant. Na ja, nicht immer.“ Sie lachte kokett. „Aber nach diesen komischen Germanentreu erzählt er nie was. Er schweigt wie ein Grad.“
Ida war jetzt siebzehn Jahre alt und ihrer Aufmerksamkeit entging nichts. Sie hatte für alles ein offenes Ohr und sah vieles, was andere kaum bemerkten. Wenn Imke genauer darüber nachdachte, musste sie zugeben, ihre Tochter hatte diese Gabe von klein an. Imke müsste sich eigentlich wundern, dass diese Frage erst heute kam. Sie hätte schon seit Jahren damit rechnen müssen.
„Nun, dein Vater“, begann sie, wobei sie ihre vom Fruchtsaft klebrigen Finger an einem Taschentuch abwischte, denn das Gespräch würde etwas länger dauern. „Dein Vater ist schon lange Zeit in diesem Verein. Genaugenommen ist eigentlich mein Vater, Opa Schneider, daran Schuld. Nach unserer Hochzeit kam dein Großvater regelmäßig jeden Sommer von Köln nach Borkum. Er verbrachte hier die volle Saison, du erinnerst dich sicher, und traf sich regelmäßig mit Borkumern und Gästen, die der gleichen Bruderschaft angehörten.“
„Bruderschaft?“

„Lass dir erklären. Er traf sich also mit Leuten. Nach einiger Zeit nahm er deinen Vater mit zu diesen Treffen und nannte ihn ab und zu den Suchenden. Lach nicht! Du hast recht, es ist ein witziger Name. Nach etwa ein oder zwei Jahren dann wurde dein Vater in diese Bruderschaft aufgenommen. Dein Großvater hatte sich für ihn verbürgt. Das ist so üblich bei der Bruderschaft. Es vergingen wieder einige Jahre, dann nannte dein Großvater deinen Vater „mein Geselle", immer, wenn sie sich auf den Weg zu einem neuen Treffen machten. In der letzten Zeit hieß es dann „Meister" und ich glaube, dein Vater ist sehr stolz darauf. Allerdings spricht er auch mit mir nicht darüber."

„Meister von was?"

„Der Freimaurerloge, mein Schatz."

„Das ist ja richtig spannend. Hab noch nie was davon gehört. Was machen die, ich meine, außer reden und trinken?"

„Nun, genau weiß ich das nicht, er erzählt ja nichts. Aber ich glaube, sie machen eine Art Humanitätsarbeit, du weißt schon, Gutes tun für andere. Mit Bestimmtheit kann ich dir das aber auch nicht sagen. In der Vergangenheit ist es mir aufgefallen, dass bei einigen Geschichten im Dorf, die ich für brandneu hielt und ihm dann erzählte, ich oft das Gefühl hatte, er wüsste das schon längst. Er schmunzelt dann immer nur, nickt bedächtig und sagt: „Schön, schön." Ich erinnere mich, einmal, da war die Ehefrau eines vor kurzem Zugezogenen verstorben. Der Witwer konnte das Begräbnis nicht bezahlen. Als er es dem Bestattungsunternehmer beichtete, gab dieser ihm zur Antwort, es wäre bereits alles bezahlt. Von wem, das wisse er nicht. Es gab noch mehrere solcher schönen Geschichten in den letzten Jahren und immer hatte ich das Gefühl, dein Vater habe die Finger im Spiel."

„Richtig spannend! Doch sicher bist du nicht?"

„Nein, wie gesagt, ich vermute es nur. Ja, dein Vater ist schon etwas Besonderes."
„Habe ich dir und deinen Brüdern jemals die Geschichte mit der Klofrau erzählt?", mischte sich Oma Fenna in das Gespräch. „Also, ich stand hinten im Lager und konnte das Gespräch vorn im Laden gut hören. Die Frau sagte zu eurem Vater: „Wissen Sie, Herr Kivit, was ich Ihnen schon immer mal sagen wollte! Ich finde es sehr angenehm bei Ihnen, denn Sie behandeln all Ihre Kunden gleich höflich. Ob es nun die Frau Doktor, Frau Kommerzienrat oder die Klofrau vom Warmbad ist." Zufrieden schaute Fenna ihre Enkeltochter an.
„Au!", schrie Ida, sie hatte sich beim Pflücken an einem Dorn gestochen. Omas kleine Geschichte hatte sie schon tausend Mal gehört. Sie lächelte ihr zu und machte sich wieder an die Arbeit.
„Mama? Meinst du das Papa mich eines Tages mal mitnimmt zu diesem – Leuchtturm Germanentreu – ?"
„Sicherlich nicht, mein Schatz. Reine Männersache", sagte Imke verschwörerisch.
„Schade", träumend steckte Ida sich ein paar Sanddornbeeren in den Mund und verzog sofort das Gesicht. Sie schmeckten noch recht sauer.

Am kommenden Morgen trafen sich Hinderk Kivit und sein Nachbar, Johannes Mase, auf der Straße. Sie grüßten und waren schon fast aneinander vorbeigegangen, als Johannes Hinderk zurückrief.
„Hey, hast du Ferien?", wollte Johannes wissen.
„Ja."
„Hättest du Lust, mit mir zu kommen? Ich muss Räucherholz aus Bremerhaven holen. Ich könnte einen weiteren Mann an Bord gut gebrauchen. Wie sieht es aus?"

Der Vorschlag gefiel Hinderk, er war sofort bereit und stimmte zu. Das Meer war sein Leben. Hinderk ließ kaum eine Gelegenheit aus, wenn es darum ging, eine Bootstour zu unternehmen. Egal ob Segelboot, Dampfschiff oder Ruderboot, Hauptsache Wasser unter den Füßen. Natürlich stimmte er auch jetzt freudig zu. Johannes hatte sich erst vor Kurzem einen Kutter gekauft. Er wollte versuchen, sich im Fischgeschäft selbstständig zu machen und versprach sich viel davon. Auf einem angemieteten Grundstück außerhalb des Ortes hatte sich Johannes eine kleine Räucherei gebaut, die für den Anfang reichen würde. Seine Geschäfte liefen bisher zufrieden stellend. Der fertig geräucherte Aal, sowie der Frischfisch wurden ihm von hiesigen Fischgeschäften gerne abgekauft. All seine Verträge hatte er per Handschlag geschlossen. Jetzt fehlte ihm das benötigte Räucherholz, um einen ausgezeichneten Geschmack an Aale und Makrelen zu bekommen.
„Kannst du in einer Stunde am Kutter sein?", fragte Johannes. „Liegt im Hopp. Sei pünktlich." Schon war er verschwunden.
Die Zeit würde reichen, um ein paar Klamotten einzupacken. Vater stand zum Glück noch im Geschäft, er würde also Mutter um Erlaubnis fragen. Sie ließ sich auch leichter überreden.
Und sollte es Schwierigkeiten mit der Zustimmung seiner Eltern geben, brauchte er nur Oma Fenna um Hilfe bitten. Seine Oma hatte immer zu ihm gehalten, auch wenn er noch soviel Unfug ausgefressen hatte. Sie lächelte dann wissend. Warum sollten ihre Enkelsöhne bravere Kinder sein, als es ihr Sohn damals war.
Hinderk eilte schnell ins Haus, sauste in sein Zimmer und packte hastig die nötigsten Sachen. Er überlegte, ob er den dicken warmen Pullover mitnehmen sollte, denn in den

vergangenen Wochen hatte es keinen kühlen Tag gegeben. „Auf dem Wasser ist es immer kälter als an Land“, sagte er zu sich selbst und steckte ihn ein. Jetzt kam der schwierigere Teil. Wie sagte er es den Eltern? Die Schiffsreise würde mehrere Tage in Anspruch nehmen. Er spurtete die Treppen herunter und eilte in die Sommerküche. Welch ein Glück, nur seine Großmutter und seine Schwester waren da. Er erklärte ihnen kurz, was er vorhatte und Großmutter sagte, „Geh man, mein Junge, ich regle das schon mit deinen Eltern.“ Er küsste sie auf beide Wangen. Darauf hatte er gehofft. Als er zur Haustür hinausstürmte, konnte er gerade noch den Kommentar seiner Schwester hören. „Oh, oh, das gibt Ärger!“

Die Fahrt von Borkum nach Bremerhaven verlief ohne Zwischenfälle. Sie konnten das Räucherholz zeitig laden und hatten noch Gelegenheit, sich in der Stadt ein wenig umzusehen. Als sie zum Kutter zurückkamen, wurden sie von einem Mann erwartet. Er bat sie inständig, auf ihrer Rücktour nach Borkum die Insel Norderney anzulaufen und seine Frau dort abzusetzen. Als er merkte, dass es dem Schiffseigner nicht Recht war, sagte er, „es soll Ihr Schaden nicht sein.“ Johannes, der jede Extramark gut gebrauchen konnte, stimmt also zu. Als die junge Frau eine Stunde später an Bord kam, war der Kutter bereits startklar. Der Wind hatte tüchtig aufgebraust, es würde eine stürmische Überfahrt werden.
Bereits im Fahrwasser „Hohewegrinne“, nördlich von Mellum, war der Wind so böig, dass sie sich entschlossen, zwischen Wangerooge und dem Festland im Wattfahrwasser Schutz zu suchen, zumal es bereits elf Uhr nachts und stockfinster war. Sie hatte eben eine Fahrwassertonne passiert, als sie querab von Wangerooge auf Grund gerieten.

Das Schiff krachte und gewaltige Wellen hoben es achtern an und drückten es nochmals mit kräftiger Wucht tiefer in den Grund. Das aufgewühlte Wasser war tiefschwarz. Das Ganze dauerte nur wenige Sekunden und sie saßen fest. Schon rüttelten die Grundseen den Kutter hin und her und Wasser kam ins Schiff. Zu diesem Zeitpunkt stand Hinderk wie ein Träumender am Niedergang und hielt das Geländer mit beiden Händen fest umklammert. Es dauerte nur einige Momente, bis sein Verstand die Situation erfasste. Ich glaube, wir sinken, schoss es ihm durch den Kopf. Er sauste unter Deck, um nach der jungen Frau zu schauen. Hier flogen alle Gegenstände, die nicht niet- und nagelfest angebracht waren, durch die Kajüte. Die Frau war durch die Wucht aus ihrer Koje gefallen, in der sie bereits seit einer Stunde fest geschlafen hatte. Sie rappelte sich eben auf die Knie hoch. Da sie nur halbwegs bekleidet war, konnte Hinderk den stark gewölbten schwangeren Bauch sehen. Die Bauchrundung war kaum zu übersehen. Schützend hielt die werdende Mutter ihre Hände vor den Leib gedrückt.
„Auch das noch“, schoss es ihm durch den Kopf. Eine weitere Woge hob das Schiff. Gegenstände wirbelten durch die Kajüte, es rumpelte und krachte laut.
„Anziehen und an Deck“, befahl Hinderk grober, als er gewollt hatte. „Ziehen Sie so viel an, wie Sie können.“ Was ihnen allen jetzt bevorstand, war kein Kinderspiel und noch dazu mit einer schwangeren Frau... Er mochte es gar nicht zu Ende denken.
Er stürmte an Deck und sah eben noch, wie Johannes eine Leuchtrakete zündete. Johannes hatte einen klaren Kopf behalten, gut so, denn jetzt musste jeder Handgriff sitzen und schnell gehandelt werden. Hinderk blickte in den Holzkasten, in dem sich die Raketen befanden. Er war schon halb leer, Johannes zündete eine nach der anderen. Die Nacht

über ihnen war hell erleuchtet durch die Seenotraketen. Der starke Wind trieb sie schnell davon. Alfred, der Matrose, war sich sicher, dass die Notsignale vom Ostende der Insel Wangerooge gesehen wurden, denn seines Wissens befand sich dort eine Nachrichtenstelle. „Sie müssen es einfach sehen“, flehte er. Verzweiflung klang in seiner Stimme, die sonst nur haarsträubende Flüche kannte, die selbst hartgesottene Seemänner erröten ließ.
Das letzte Notsignal war gezündet und verlosch schnell und der Kutter war mittlerweile mit Wasser vollgelaufen. Nur noch die oberen Aufbauten ragten aus dem Wasser empor, das Deck wurde überspült. Die junge Frau, Johannes, Alfred und Hinderk hatten sich am Mast eingefunden, hier war die höchste Stelle an Deck. Das Wasser stieg schnell. Ein Rettungsboot hatten sie nicht an Bord. Je höher das Wasser kam, um so panischer wurden sie. Lange würden sie sich nicht mehr halten können, wenn sie erst mal in den Mast klettern mussten. Noch konnten sie mit den Füßen an Deck stehen und sich an Mast und Tauwerk festhalten. Aber wie würde es weitergehen? Hinderk war froh, seinen dicken Pullover angezogen zu haben. Aber die Freude daran währte nicht lange. Das hochpeitschende Wasser machte alle klatschnass. Auch wenn das Meerwasser fünfzehn Grad hatte, wurde den Schiffsbrüchigen durch den starken Wind der an ihnen zerrte, eisigkalt. Mit klammen Händen hielten sie sich am Mast und gegenseitig fest. Die junge Frau wimmerte und schrie. Die Männer wechselten sich ab, um sie zu stützen. Sie ermunterten sie mit tröstenden Worten oder schrieen sie an, wenn sie drohte hysterisch zu werden oder sich einfach loszulassen.
Alfred, der ständig durstige Matrose, hatte nicht nur sich selbst gerettet, sonder auch eine fünf Liter Korbflasche, gefüllt mit Rum, die er jetzt ab und an herumreichte.

Plötzlich platzte ihm der Kragen und er brüllte die junge Frau an. „Nun nehmen Sie endlich einen kräftigen Schluck. Scheiß auf das Kind, dem wird es schon nicht schaden.“ Er grinste zufrieden, als sie verängstigt einen großen Schluck aus der Flasche nahm. Sofort musste sie husten, wechselte die Gesichtsfarbe und musste sich heftig schütteln. Mit vereinten Kräften verhinderten die drei Männer, dass sie alle gemeinsam abrutschten. Der zweite Schluck aus der Pulle ging dann schon viel besser. „Na sehen Sie, wird ein richtiger Seemann werden, der Kleine,“ sagte Alfred.
Kaum einer kann sich vorstellen, wie lang eine Nacht werden kann, wenn man an einem Mast geklammert, kalt und elend auf den kommenden Morgen und auf Rettung wartet. Erinnerungen an das große Schiffsunglück im Januar 1918, also vor fünf Jahren, wurden lebendig. Hinderk war damals dreizehn Jahre alt und würde es wohl nie vergessen, wie sie alle am Strand gestanden hatten. Vor seinen inneren Augen sah er die beiden Schiffswracks hell erleuchtet im Scheinwerferlicht, von Land aus angestrahlt. Zum Greifen nahe und doch so fern. Es konnte nicht geholfen werden. Die Brandung war so stark gewesen, dass sie jeden Retter selbst in den Tod gezogen hätte. Damals mussten die armen Seeleute zwei volle Tage und eine grausige Nacht bei Schnee und Hagel aushalten.
„Das schaffen wir auch.“ So machten sie sich gegenseitig Mut. Die Wellen schlugen mit ungeminderter Stärke immer und immer wieder gegen das Schiffswrack. Tiefer ins Meer sinken konnten sie nicht, denn sie lagen auf Grund. Jedoch konnte eine besonders große hohe Welle das Wrack auf die Seite legen und wenn sie erst einmal gänzlich im Wasser waren, würden die Wogen sie auseinanderreißen und jede Hilfe käme für sie zu spät. Reihum ging die Flasche Rum. Die Männer waren schon recht betrunken. Das war gut,

so spürten sie die Kälte nicht mehr. Gegen Morgen war die junge Frau dermaßen erschöpft, dass sie zeitweise das Bewusstsein verlor. Die Männer hielten sie abwechselnd. Als es langsam dämmerte, wirkte Wasser und Horizont wie eine einzige graue Fläche, auf der weiße Schaumkronen brodelten. Durch das nachlassende Brausen des Windes konnten sie fernab ein brummendes Geräusch hören. Es kam näher. Ein Flugzeug. Sie winkten und schrieen, auch wenn sie wussten, der Pilot konnte sie nicht hören. Das Flugzeug flog einen Bogen, kam zurück, überflog sie noch einmal und wippte mit den Flügeln auf und ab, als Zeichen, dass er sie gesehen hatte.
Jetzt wurde den Schiffbrüchigen die Zeit lang, erst eine dreiviertel Stunde später kam das Rettungsboot in Sicht. Die Wellenberge waren immer noch sehr hoch. Das Rettungsboot war nur zu sehen, wenn es sich gerade oben auf einem Wellenkamm befand. Es war ein grünes Boot, Hinderk konnte es jetzt genau erkennen. Grün ist die Hoffnung, und die hatten sie jetzt wieder.
Das Boot kam schlingernd und stampfend auf sie zu. Als die Helfer nahe genug heran waren, wurde das Segel im Rettungsboot heruntergeholt und die Riemen ausgelegt. Die einsetzende Flut machte es den Rettungsmännern nicht leicht, an die Schiffbrüchigen heranzukommen. So wurde durch Rufen und Handzeichen vereinbart, bei einer schwungvollen Welle, die sie nur für einen kurzen Moment nahe genug an das Wrack heranbrachte, herüber zu springen. Es musste der Reihe nach geschehen, immer einer allein. Die junge Frau sollte beginnen.
Beim ersten Anlauf kam auf einer riesigen Woge das Rettungsschiff nahe an das Wrack heran. Schon im nächsten Moment war es wieder einige Meter entfernt. Das Wasser spritzte und gurgelte. Der erste Versuch ging fehl, auch

beim zweiten Anlauf war die Frau nicht bereit, im rechten Augenblick zu springen. Sie schrie, weinte und klammerte sich wie ein kleines Äffchen an Alfred fest. „Das schaffe ich nie, ich will nicht!“, weigerte sie sich. Beim dritten Anlauf des Rettungsbootes griffen Hinderk von der einen und Johannes von der anderen Seite die Frau an ihren Kleidern. Mit dem restlichen Schwung und der Kraft die sie noch erübrigen konnten, ohne sich selbst zu gefährden und abzurutschen, wurde sie von den Männern fast herübergeworfen. Ehe sie überhaupt merkte, was mit ihr geschah, flog sie in die ausgestreckten rettenden Arme und konnte sicher unter Deck gebracht werden. Das Schwierigste war geschafft. Jetzt kamen die Männer an die Reihe. Doch so mutig, wie sie gerade die Frau geworfen hatten, waren sie nun nicht mehr. Es gehört eine gehörige Portion Mut dazu, sich vom festen Halt im richtigen Moment in die brausenden Tiefen zu stürzen. Sollten sie daneben springen, waren sie verloren, das wussten sie alle. Ohne Schwimmweste würden die Wellen sie rettungslos versinken lassen. Doch die Männer schafften es. Hinderk war ein wenig zu kurz gesprungen, er konnte gerade noch die Halteseile greifen, die an den Seiten des Rettungsbootes hingen. Einmal tauchte er vollkommen in den Fluten unter, kam prustend an die Wasseroberfläche, immer noch das rettende Seil haltend. Kräftige Hände ergriffen seinen Nacken und seine Kleidung und zogen ihn ins Boot.
Kaum saßen sie sicher unter Deck, wurde den Geretteten eine Flasche Steinhäger gereicht, mit der dringenden Aufforderung, erst einmal einen kräftigen Schluck zu nehmen, damit ihnen richtig warm würde. Es war gut gemeint und keiner wagte das Angebot abzulehnen, da erwartungsvolle Gesichter sie glücklich anschauten.

Nach einer fast vollen fünf Liter Flasche Rum in der vergangenen Nacht und einem leeren Magen, waren sie komplett betrunken, als sie die Insel Wangerooge erreichten. Dort angekommen wurde ihnen im Hause des Rettungsvormannes ein heißer Grog in die Hände gedrückt. Hinderk, Alfred und Johannes fingen an, in ihren nassen Sachen ordentlich zu schwitzen. Leicht lallend begannen sie, sich stückweise auszuziehen. Die fürsorgliche Ehefrau des Vormannes hatte Erfahrung mit Schiffbrüchigen. Sie holte aus einer eigens hierfür vorgesehenen Kiste trockene Sachen zum Anziehen hervor. Als die drei sich endlich umgezogen hatten, saßen sie mit glühenden Gesichtern am Tisch und machten schon wieder kleine Scherze über die zusammengewürfelte Kleidung die sie trugen. Hinderks Füße steckten in roten Wollsocken. Seine viel zu kurze helle Hose konnte er im Bund nur mit einem Band schließen. Sein Strickpullover war aus feinem rosanen Garn. Egal, Hauptsache trocken. Ihre eigenen Sachen hingen über dem Ofen, der eine gemütliche Wärme ausstrahlte. Als der Duft einer warmen Suppe in ihre Nasen stieg, erwachten neue Lebensgeister. Ausgehungert fielen sie über die Teller her. Den Bauch gefüllt, in trockener Kleidung und warmer Stube, den Kopf noch vernebelt vom vielen Alkohol, nickten sie bald auf ihren Stühlen ein. Halb benommen, schon fast schlafend, bekam Hinderk noch ein paar Gesprächsfetzen der Eheleute mit.
„Nein, war keine große Sache“, meinte der stämmige Mann gutmütig, wobei eine kleine Wolke seiner Pfeife entwich und einen herrlichen Duft im Raum verbreitete. „Sie hätten sich noch einige Zeit halten können,... haben Glück gehabt, dass wir keinen Winter haben, dann wären sie garantiert erfroren. ..., ja, die Frau ist sehr erschöpft, aber das liegt an ihren Umständen,... liegt im Krankenhaus,... allen geht es gut!“
Hinderk war tief und fest eingeschlafen.

Kribbeln in seinen Armen, auf denen er gelegen hatte, weckte ihn drei Stunden später, immer noch am Tisch sitzend. Während er sich zurücklehnte und die Arme ausschüttelte, gingen ihm wieder die Gesprächsfetzen der Eheleute, denen dieses Haus gehörte, durch den Kopf. Sicher, für einen erfahrenen Vormann eines Rettungsbootes waren die ein bis zwei Meter hohen Wellen nicht der Rede wert. Und wenn das Wasser noch warme fünfzehn Grad hatte, bestand für solch einen Mann kaum akute Lebensgefahr. Und dennoch! Für Hinderk waren diese lächerlichen zwei Meter hohen Wellen wie eine gigantische Macht gewesen, vor der man nicht weglaufen konnte. Auch wenn er an der See groß geworden war, von Kindesbeinen an Wind und Wetter gewöhnt und so machen Sturm an Land miterlebte, war er sich in der vergangenen Nacht doch verloren und hilflos vorgekommen. Er wagte sich kaum vorzustellen, wie diese Bootspartie abgelaufen wäre, wenn sie Winter gehabt hätten. Das kalte Wasser, Salzwasser gefriert erst bei minus drei Grad, mit doppelt oder dreifach so hohen Brechern? So hoch, wie viele kleine Insulanerhäuschen. Wellen, die gnadenlos alles, was sich ihnen in den Weg stellte, niedermachten. Schaudernd dachte er an seine nassen Sachen, die durch den Wind nasskalt an dem Körper klebten. Er mochte sich nicht vorstellen, wie es sein würde, wenn man erfror. Der stete Wind, der gab einem den Rest. Was das kalte Wasser an Auskühlung nicht schaffte, erledigte der eisige Wind, der durch Mark und Bein drang. Seine Erinnerung an die kalten Hände, die er in der vergangenen Nacht hatte, ließ ihn frösteln. Er begann am ganzen Körper zu zittern, obwohl es in der Stube angenehm warm war.
Und plötzlich war er sich sicher, wie seine Zukunft aussehen würde. Er plante zur „Gesellschaft zur Rettung Schiffbrüchiger“ zu gehen, um mit sturmerprobten Kameraden in

die offene See zu fahren, sich all den Gefahren aussetzen, um Menschenleben zu retten. Eine aberwitzige Idee! Gerade noch hatte es ihn gegraust vor dem Gedanken allein und jetzt dieser plötzliche Entschluss! Doch nie in seinem Leben würde er dieses Gefühl vergessen, dass er hatte, als sich ihm die Retter näherten. Tränen standen ihm in den Augen, sein Brustkorb wurde durch eine unsichtbare Hand zusammengedrückt, bei dem Glück, dass er dabei empfand. Er wusste nicht, ob er weinen oder lachen sollte. Das Leben hatte ihn wieder. Dieses Glücksgefühl wollte er anderen Menschen in Not vermitteln und er war überzeugt, dass diese Gefühle auch auf die Retter übergehen würden. Menschenleben zu retten, musste eine wahnsinnig tolle Erfahrung sein.

Ihm klangen bereits jetzt die sorgenvollen Worte seiner Mutter im Ohr, er sah die gerunzelte Stirn seines Vaters vor sich und wusste doch instinktiv, dass sie sich seinem Berufswunsch nicht entgegensetzen würden.

Alle Menschen, ob sie nun an der Küste, auf Inseln oder an Bord eines Schiffes lebten, zollten der Rettungsgesellschaft Respekt und grenzenloses Vertrauen in Zeiten der Seenot. Sie alle waren sich den lauernden Gefahren und den Urgewalten des Meeres und des Windes bewusst.

Durch diesen befriedigenden Gedanken gestärkt, stand er auf, reckte und streckte die Glieder und weckte seine Freunde, die Arm in Arm sitzend auf dem Küchensofa schliefen.

„Auf, auf, Jungs, jetzt geben wir unseren neuen Freunden erst einmal ein Fass Bier aus und dann werden wir zusehen, wie wir nach Hause kommen.“

Sie liefen zum kleinen Inselbahnhof, immer noch in ihrer abenteuerlichen Verkleidung. Johannes trug so etwas ähnliches wie ein Nachthemd, Hinderk im rosanen Pullover,

seine behaarten Männerbeine lugten unter der zu kurzen Hose durch. Ein Mann sprach sie an, um ihnen einen Rücktransport nach Borkum per Flugzeug anzubieten. „Ich muss sowieso dorthin und habe noch etwas Platz für euch, wenn ihr euch nicht zu breit macht. Ihr müsstet allerdings hinten im Frachtraum auf dem Fußboden sitzen."
„Nie im Leben werde ich fliegen", sagte Alfred. „Da gibt es nicht die Spur von Sicherheit. Von da oben kann dich keiner herunterholen", meinte der Matrose mit ernsten Worten. Die Herumstehenden schauten ihn verwundert an, ehe sie gemeinsam in herzhaftes Lachen fielen. Seine Freunde griffen ihn von beiden Seiten unter den Armen und gegen seinen Willen, mit nicht allzu großer Gegenwehr, wurde er kurze Zeit später in das Flugzeug geschoben. Bereits eine Stunde später hatten sie heimatlichen Boden unter ihren Füßen.

Glücklich zu Hause angekommen, erwartete ihn seine Mutter erst einmal mit einer Ohrfeige, ehe sie ihn in ihre Arme schloss. Die Nachricht über den Untergang des Kutters war natürlich bereits auf Borkum angekommen. Das Wort ist eben schneller als der Mann.
„Das machst du nie wieder, hörst du!", schimpfte Imke, nachdem Hinderk seiner Familie sein Abenteuer geschildert hatte.
„Doch, Mama", sagte er ernst. „Daran wirst du dich gewöhnen müssen."
„Wie meinst du das?", mischte sich Hidde ein, der bisher still und aufmerksam der Geschichte seines Sohnes gelauscht hatte.
„Ich habe mich entschlossen, bei der Gesellschaft zur Rettung Schiffbrüchiger anzufangen. Das heißt, wenn sie mich nehmen."

„Und deine angefangene Lehre?“, war alles, was seiner Mutter im ersten Moment dazu einfiel. Schon jetzt zeigten sich die ersten Sorgenfalten auf ihrem Gesicht.
„Ich habe es bereits Vater gesagt. Du erinnerst dich? Im Laden habe ich es erwähnt. An dem Tag, bevor ich losfuhr.“
„Ich erinnere mich. Aber nicht daran, dass du Rettungsmann werden willst.“
Wie von ihm erwartet, musste er noch lange mit seinen Eltern über dieses Thema diskutieren. Als die Familie merkte, dass Hinderk nicht von seinem Entschluss abzubringen war, fügten sie sich seinem Willen.
Ihnen war allen klar, wie wichtig dieser Beruf war. Doch zu wissen, dass einer aus der Familie sein Leben für andere riskieren wollte, war dann doch etwas anderes. Sie würden viel Zeit brauchen, um sich daran zu gewöhnen.
Die Kivits waren sehr stolz auf ihren Sohn.

1932

Enno Kivit stand verdrießlich im elterlichen Laden, als die Tür aufging. Ein fremder Mann trat an den Verkauftresen, hinter dem Enno ihn feindsinnig anblickte, denn Enno hatte heute keine Lust, seiner Arbeit nachzugehen.
Der Fremde blickte sich vorsichtig nach allen Seiten um. Er konnte Ida, die hinten im Lager stand, nicht sehen. Sie hingegen hatte einen guten Blick auf ihn, da einige Spiegel zu diesem Zweck günstig platziert waren.
Der Fremde wähnte sich sicher und streckte seine Hand zu einem sonderbaren Gruß aus, den Enno nicht erwiderte, da er ihn nicht kannte und er sowieso schlechte Laune hatte. Seine Schwester Ida hingegen wurde hell wach. Sie hatte diesen Gruß und die nachfolgend verschlüsselte Konversation, einem Ritual gleich, schon einige Male gehört und gesehen. Auch wenn es nicht für ihre Augen und Ohren bestimmt war, kannte sie die richtige Reihenfolge dieses Prozedere. So wusste sie sofort, wer dieser Mann war und was er wollte. Er musste dringend einen „Bruder“ sprechen und stieß mit dieser Bitte bei Enno auf Unkenntnis und Abneigung. Schnell eilte Ida aus dem Lager in den Laden, griff dem verdutzten Fremden unter den Arm, tat ihrem Bruder gegenüber so, als ob sie ihn kannte und sagte fröhlich: „Schön, Sie zu sehen, ich habe Sie schon erwartet“, was natürlich gelogen war.
Der Fremde wusste überhaupt nicht, was mit ihm geschah. „Sie wollen sicherlich zu meinen Vater?“, fragte sie freundlich. Der Fremde nickte zaghaft und folgte ihr zögernd in das Lager. Enno interessierte das alles nicht weiter, er starrte statt dessen verdrießlich aus dem Schaufenster auf die Straße. Wenn er im Laden stand, war er wirklich keine

gute Reklame. Enno vergraulte alle Kunden mit seiner mürrischen Miene.

Ida führte den Fremden in das kleine Büro ihres Vaters, deutete auf den einzigen Stuhl, erwiderte den Freimaurergruß von vorhin, sprach die üblichen verschlüsselten Worte, verschwand und ließ einen völlig verwirrten Menschen mit den Worten: „Ich hole jetzt Vater“, zurück.
Ida war sicher, ihr Vater würde fürchterlich böse auf sie sein, wenn er gleich erführe, dass sie als Frau den geheimen Gruß und die Worte gesprochen hatte. Wohlweislich hatte sie ihm gegenüber nie erwähnt, dass sie Vaters Geheimnis schon lange kannte. Doch sie musste einfach den Fremden davon abhalten, unverrichteter Dinge wieder zu gehen. Sie war sich sicher, dass es sehr wichtig war.
Hidde ging in sein Büro. Da seine Tochter ihm nur einfach einen Fremden angekündigt hatte, sagte er höflich: „Ja bitte, was kann ich für Sie tun?“
Der Fremde blickte ängstlich, schaute unruhig um sich und drehte verlegen seinen Hut mit den Händen. Hatte er sich so getäuscht? War er in eine Falle geraten? Noch nie war es vorgekommen, dass eine Frau einen Freimaurergruß erwiderte. Das verstieß gegen alle Prinzipien und Traditionen des Bundes. Und wer war dieser Mann? Angeblich der Vater, mit der Frage, was er für ihn tun könnte. Warum grüßte er nicht traditionsgemäß? Panik durchflutete den Fremden, doch es blieb ihm keine andere Wahl, er musste noch einmal mit dem Gruß beginnen. Schließlich hatte er in seiner Situation nichts mehr zu verlieren. Schwitzend und zitternd grüßte er also nach Freimaurerart und stellte sofort erleichtert fest, dass sein Gegenüber schnell die junge Frau zur Tür hinausschob und sie hinter ihr schloss, um den Gruß streng nach den Regeln zu erwidern. Als

nach verschlüsselter Form Logendetails und Rangfolgen ausgetauscht waren, sah man förmlich eine Last von den Schultern des Fremden fallen.
Alles war in Ordnung. Der Fremde konnte sein Anliegen vortragen.
„Mein Name ist Rosenberg. Daniel Rosenberg", stellte er sich vor. „Ich habe eine große und gewaltige Bitte an Sie, mein Bruder", begann er zögernd.
Es war schon fast zwingend, dass sich die Brüder untereinander halfen, doch was er wollte, konnte für Hidde Kivit lebensgefährlich werden. So war sein Zögern verständlich.
Als Rosenberg schließlich seine Bitte in ihrer Gesamtheit vorgetragen hatte, blieb es einige Zeit still im Büro. Mucksmäuschenstill.
„In meinem Hause ist es schwer, Ihre Tochter unterzubringen", begann Hidde vorsichtig, denn er wollte Herrn Rosenberg helfen, musste jedoch gleichzeitig an die Gefahren für sich und seine Familie denken. „Direkt von meinem Küchenfenster aus habe ich einen Blick in das Wohnzimmer des Ortsgruppenleiters. Das ist wenig angenehm, das können Sie mir glauben", sagte Hidde. Wieder verging eine lange Zeit mit Schweigen und Nachdenken.
„Wo soll die Übergabe stattfinden?", fragte Hidde. Er hatte sich entschlossen, zu helfen. Daniel Rosenberger erläuterte ihm den Plan. Seine Tochter Anna sollte das Land auf dem Seewege verlassen, da dem Vater die Situation in Deutschland zu brenzlig wurde. Für sich und seine Ehefrau sah er noch keine akute Gefahr, aber sein Kind wollte er auf jeden Fall in Sicherheit wissen.
Der Weg mit einem kleinen Boot an der holländischen Küste entlang, durch den Ärmelkanal und dann zu einem weiteren Treffpunkt, den er aus Sicherheitsgründen nicht nennen wollte, war weit und voller Gefahren.

Nach eingehender Besprechung der Lage, unter peinlich genauer Abwägung aller Risiken, und derer gab es viele, kamen sie zu einem Entschluss.
Es gab nur die Möglichkeit, sie mussten das Mädchen mit Hiddes Segelboot zum vereinbarten Treffen an einer ihm noch zu nennenden Fahrwassertonne, mitten im Meer, bringen. Besser für alle Beteiligten war es bei Nacht, jedoch ungefährlicher bei Tage, zumal Hidde bei Tageslicht den Treffpunkt an der Fahrwassertonne besser finden würde.
Es wird nicht einfach werden, das Mädchen unbemerkt an Bord zu bringen. Sollte es gelingen, befürchtete er, wird Anna wohl die erste, aber bestimmt nicht die letzte sein, die diese Art von Diensten in Anspruch nehmen wird.
Glücklicherweise war für heute abend eine Logensitzung geplant. Herr Rosenberg war somit eingeladen, um alles zu besprechen. In dieser verzweifelten Lage war einfach die Hilfe aller „Brüder“ erforderlich.

Tage später wurde Anna Rosenberg von Ida Kivit vom Dampfer, der alle Passagiere auf die Insel brachte, abgeholt.
Ida war froh und glücklich darüber, jetzt doch noch bei den Aktivitäten der Loge mithelfen zu können. Von klein auf war sie fasziniert davon gewesen, ohne jedoch je Einzelheiten über die Freimaurer erhalten zu haben. Alles, was sie wusste, war das, was allgemein darüber bekannt war und das, was sie sich im Laufe der Jahre durch Beobachtungen angeeignet hatte. Ihre jetzige Mitarbeit erfüllte sie mit Stolz und Aufregung. Wem war es schon vergönnt, Kindheitsträume wahr werden zu lassen? Wobei ihr vollkommen klar war, dass sie diesen Umstand nur der Tatsache zu verdanken hatte, dass Ida als Frau bei dieser Aufgabe weniger auffallen würde. Jeder, der auf die beiden Frauen

aufmerksam werden sollte, würde sie für Freundinnen halten, die ein paar Tage miteinander verbringen wollten. Ida war mit ihrem Fahrrad zur Schiffsanlegestelle geradelt. Leider hatte niemand daran gedacht, ein Erkennungszeichen für die beiden Frauen zu vereinbaren.

Ausgerechnet heute kamen eine ganze Menge Fremde auf die Insel angereist. „Ist das nicht immer so?“, fragte sich Ida verzweifelt und versuchte sich vorzustellen, wie Anna aussehen könnte. Hoffentlich gab es eine Familienähnlichkeit, denn Annas Vater kannte sie ja.

Nachdem alle Reisenden in die kleine Bimmelbahn gestiegen und diese abgefahren war, stand eine junge Frau allein am Kai. Ida konnte keinerlei Ähnlichkeiten zu Herrn Rosenberg erkennen, aber sie musste seine Tochter sein.

Die Frauen beäugten sich vorsichtig gegenseitig und gingen langsam aufeinander zu.

„Anna?“, fragte Ida vorsichtig. Das Mädchen nickte schüchtern. Ida fiel ein Stein vom Herzen. Das hier hätte bereits schief gehen können. So ein kleiner unscheinbarer Fehler durfte nicht noch einmal vorkommen. Ida ging in Gedanken den Plan durch, ob sie noch weitere Kleinigkeiten, die ihnen gefährlich werden könnten, übersehen hatten.

Das wenige Gepäck, das Anna bei sich hatte, klemmte Ida auf den Gepäckträger ihres Fahrrades und die beiden machten sich auf den Weg, um Hiddes Segelboot zu erreichen. Unterwegs redeten sie nicht miteinander. Das entsprach eigentlich nicht Idas Art, denn sie war ein geselliger und kontaktfreudiger Mensch, doch sie hatte im Moment an vieles zu denken. Dabei hatte sie sich alles so einfach vorgestellt, und nun gab es bereits in den ersten Minuten eine Panne.

Hidde hatte sich sehr früh morgens auf den Weg zu seinem Segelschiff gemacht. Niemand begegnete ihm unterwegs.

Doch das wollte auf einer kleinen Insel, auf der jeder jeden kannte, nicht unbedingt was heißen. Wie schnell konnte er von jemandem gesehen werden, ohne dass er es selbst bemerkt hätte. Schon aus der Ferne, am Gang oder an der Haltung zum Beispiel, war er zu erkennen. Das erschien für Festländer vielleicht unwahrscheinlich, aber hier, wo man sich von klein auf kannte und oft sah, war das nun einmal so. Gang und Körperhaltung verrieten oft schon von weitem, wer einem entgegenkam, noch ehe man das Gesicht erkennen konnte.

Jetzt war es bereits Mittag und Hidde konnte in der Ferne die beiden Frauen mit dem Fahrrad erkennen. Was er noch sah, gefiel ihm gar nicht.

Der Lausebengel von nebenan, Reiner Mase, erst neun Jahre alt, und schon ein richtiges Ekelpaket, trieb sich an den Bootsstegen herum. Was machte der Junge nur hier? Musste er nicht in der Schule sein?

Wie alle Mases war auch Rainer ein verwöhntes Kind. Bei ihm musste alles besser, größer und schöner sein. Das ging so weit, dass, wenn alle Kinder einen Groschen hatten, er behauptete, seiner sei blanker als die anderen. Waren mehrere Kinder im Meer baden, war es garantiert an seiner Stelle nasser oder wärmer. Sollte dem Jungen einmal kein Argument einfallen, der ihn in den Vordergrund stellte, war der Bengel erfinderisch. Er machte den anderen einfach ihre Habe madig. Das hatte zur Folge, dass er so gut wie nie Spielkameraden hatte und ständig die Erwachsenen umschlich. In seinem Drang, alles besser und schöner zu haben, ließ er sich allerlei einfallen. Verpetzen und Anschwärzen waren da noch die harmlosesten Dinge.

Hidde hegte den Verdacht, heute morgen von dem Jungen bemerkt worden zu sein. Oh, dieser Mase war unausstehlich. Mit Sicherheit war er ihm nachgeschlichen und spionierte

Hidde aus. Hiddes Gefühl, beobachtet zu werden, hatte ihn nicht betrogen. Doch hatte man nicht immer ein ungutes Gefühl und war der Meinung beobachtet zu werden, wenn man etwas Verbotenes oder Geheimnisvolles vorhatte?
Fieberhaft überlegte Hidde Kivit, was er jetzt machen sollte. Wie konnte er den Jungen loswerden? Mit dreiundsechzig Jahren arbeiteten seine grauen Gehirnzellen nicht mehr ganz so schnell, ihm wollte keine Lösung einfallen.
Die beiden Frauen hatten jetzt die Bootsstege erreicht. Als Ida ihr Fahrrad abstellte, warf sie einen Blick auf ihren Vater, der mit den Armen gestikulierend auf den Jungen aufmerksam machte. Sofort wusste Ida Bescheid. Sollte Rainer Mase mitbekommen, was hier vor sich ging, würde er die gesamte Familie anschwärzen. Da der Junge sie noch nicht gesehen hatte, verblieb Ida noch genügend Zeit, Anna zu warnen. Anna versteckte sich und Ida marschierte mit dem Gepäck unter dem Arm auf das Segelboot zu.
Jetzt hatte Rainer Mase sie gesehen. Wie erwartet, kam er neugierig näher und gaffte ungeniert. „Moin", grüßte er und schaute weiter.
Als Ida das Boot betrat und an ihrem Vater vorbeiging, flüsterte sie hilflos: „Wie willst du ihn loswerden?"
Rainer war nur wenige Meter entfernt.
„Ich werfe ihn einfach ins Hafenbecken", grinste Hidde seine Tochter an.
„Aber er kann nicht schwimmen."
„Das weiß ich", sagte Hidde beruhigend. „Wenn er nicht mehr kann, springe ich ihm hinterher."
Ida musste lächeln. Das war typisch für ihren Vater.
„Aber dann bin ich mit Anna allein an Bord und ich weiß nicht, ob sie segeln kann."
„Du weißt wo es hingeht?"
„Ja."

„Gut. Das wirst du schon schaffen, da bin ich ganz sicher.“
Und so war es auch.

Nach diesem Vorfall hatte es sich automatisch ergeben, dass sich Ida um die Bootsfahrten, die natürlich folgten, kümmerte.
Heute Nacht war es wieder einmal so weit. Sie eilte durch die dunklen Dünen. Überall roch es schwer nach den wilden Rosen. Ein Geruch, der ihr sonst immer gefiel, heute jedoch wurde ihr ein wenig übel davon. Bei der letzten Fahrt war nicht alles glatt gelaufen und es wurde auf der Insel darüber getuschelt. Die sonst so vertraute Dunkelheit war heute unheimlich. Überall um sie herum raschelte und knackte es. Das sind nur Tiere, die durch die Büsche vor ihr flohen, versuchte sie sich selbst zu beruhigen.
Ida war von Kind auf kein Mensch, der im Dunkeln pfiff, um die Angst zu unterdrücken. Nun musste sie sich ein Pfeifen verkneifen. „Hier ist nichts“, redete sie sich ein.
Unförmige Sträucher machten ihr Angst. Tagsüber waren sie schön, jetzt jedoch unheimlich. Blödsinn zu vermuten, dass hinter jedem Strauch jemand sitzen und ihr auflauern könnte. Aber sie waren mit ihren nächtlichen Aktionen aufgefallen! Wartet vielleicht der Ortsgruppenleiter mit seinen Helfershelfern irgendwo auf sie? Der Wind roch nach Seetank. Sie war drauf und dran wegzulaufen, als sie den vereinbarten Pfiff hörte.
Sie war erleichtert, als aus der Dunkelheit ein bekanntes Gesicht auftauchte. Es war beschwerlich, im Dunkel der Nacht unentdeckt den Hafen und das Segelboot zu erreichen. Zu viele waren in diesen Zeiten nachts unterwegs, teils um illegal Kaninchen zu jagen, teils um rechtzeitig zum Tagesanbruch ihren Fischkutter zu erreichen. Strandjen,

den Strand nach Angeschwemmten abzusuchen, war von jeher beliebt und sorgte immer noch für ein Zubrot. Diese Insulaner waren ebenfalls nächtens unterwegs.
Die Bruderschaft hatte beschlossen, dass diese Fahrt die letzte ihrer Art sein sollte, denn von nun an war es für alle Beteiligten zu gefährlich geworden.
Um die Fremden ungesehen fortzubringen, hatten sich die Mitglieder der Loge abgewechselt, um das Risiko der Entdeckung für den einzelnen so klein wie möglich zu halten.
Jedoch einer der Familie Kivit musste immer dabei sein, da ihr Segelboot benötigt wurde und kein anderer alleine zu segeln wagte.
Als sie dieses Mal den Hafen verließen und in Richtung Westen segelten, um gegen Mitternacht den Treffpunkt zur Übergabe des Fahrgastes zu erreichen, blies der Wind plötzlich kräftig auf. Gut so, machten sie doch dadurch schnellere Fahrt. Das Boot hob sich leicht aus dem Wasser und die Gischt spritzte über sie wie ein leichter Regen.
Sie schwebten zwischen Himmel und Meer, schnellten über die Wasseroberfläche, bis auf einmal die Steuerpinne durchdrehte und das Segel erschlaffte. Das Ruder war gebrochen und das Schiff in den Wind geschossen. Ida konnte nicht mehr lenken, sie waren manövrierunfähig. Vom Fahrgast konnte sie keine Hilfe erwarten, er war seemännisch unerfahren. Ida wusste sich vorerst nicht weiter zu helfen, sie konnte nur darauf hoffen, dass sie genügend Strecke zurückgelegt hatten, um das andere Boot zu treffen. Es vergingen lange Minuten des bangen Wartens, in denen das Boot hilflos dahintrieb. Endlich konnten sie in der Ferne ein Licht ausmachen, das die vereinbarten Lichtsignale aussandte. Schnell war eine Lampe entzündet und das Gegensignal gegeben. Wenig später kam das andere Schiff längsseits.

Schweigend stieg ihr Fahrgast hinüber. Kurze Zeit sprach Ida mit den beiden Männern des anderen Segelschiffes und sie kamen überein, dass ihnen nichts anderes übrig blieb, als Ida hilflos zurückzulassen.
Es war für alle Beteiligten zu gefährlich, das Tageslicht abzuwarten, um die erforderlichen Reparaturen durchführen zu können.
So kam es, dass Ida in den frühen Morgenstunden des folgenden Tages Hilfe von anderer Seite bekam. Sie brauchte all ihre Fantasie und Überzeugungskraft, um für ihre nächtliche Segelbootpartie eine plausible Erklärung abzugeben.

Drei Generationen lebten im Hause Kivit unter einem Dach. Hidde betrieb immer noch seinen Laden und hoffte, dass Enno eines Tages doch noch die Lust aufbringen würde, diesen zu übernehmen. Bisher sah es jedoch nicht danach aus.
Ennos Schwester Ida war ganz anders. Sie half gerne im Laden, ging ihrer Mutter in der Pension zur Hand und teilte weiter die Leidenschaft zum Segeln mit ihrem Vater.
Der älteste Sohn des Hauses, Hinderk, hatte in der Zwischenzeit Helene, der er als Junge die Zöpfe verknotet hatte, geheiratet. Und dann war da noch der Sonnenschein des Hauses Kivit. Eeneke, zwei Jahre alt, mit rotblonden Löckchen und einer kleinen Stupsnase, die übersäht mit Sommersprossen war. Die kleine Tochter von Hinderk und Helene. In diesem Hause eine harmonische Familie, wenn nur Enno nicht so ganz aus der Art geraten wäre. Enno war stets aufbrausend, jähzornig und sofort beleidigt. Er war ein fauler Geselle und konnte nicht mit Geld umgehen. Bei ihm war zu erwarten, dass er sein Erbe in wenigen Wochen durchbringen würde. Trotzdem liebten ihn seine Eltern genauso, wie ihre beiden anderen Kinder.

Hidde machte sich ernsthafte Sorgen um die Zukunft seiner Kinder und des Hauses.
Eines Abends, er saß gemütlich mit seiner Frau im Wohnzimmer, im Ofen brannte ein kleines Feuer, sprachen sie, wie so oft, über dieses Thema. Bisher war beiden Elternteilen keine ideale und vor allem gerechte Lösung wegen des Erbes eingefallen.
Imke ließ langsam ihre Handarbeit sinken und blickte ihren Mann ernsthaft an. „Wie wäre es, wenn wir das Haus teilen?“, fragte sie. Sie erntete einen verständnislos fragenden Blick ihres Mannes und begann, ihm ihre Gedanken zu erläutern. „Teilen, keine schlechte Idee“, sagte er. Das Haus war schließlich groß genug und sehr lang, es reichte von einer Straße durchgehend bis zur Parallelstraße. Auch hatte es an beiden Straßen einen Hauseingang und konnte somit leicht baulich voneinander getrennt werden.
So könnte ein kleinerer Teil an der einen und ein größerer Teil, der mit dem Laden, an der anderen Seite des Hauses entstehen. Nach eingehender Besprechung kamen die beiden Eheleute zu dem Schluss, den kleineren Teil Enno allein und den größeren Teil Hinderk und Ida gemeinsam zu vermachen. Sie dachten sich, da Ida unverheiratet war und sich mit ihrem Bruder und ihrer Schwägerin gut vertrug, eine gerechte Teilung für das Erbe gefunden zu haben. Und sollte Ida eines Tages doch noch heiraten, waren die beiden Geschwister sicherlich vernünftig genug, auch weiterhin miteinander leben zu können. Hingegen war eine Einigkeit zwischen Enno und seinem Bruder oder seiner Schwester nicht zu erwarten.
Hidde und Imke hofften, richtig entschieden zu haben, und setzten wenige Tage später ein entsprechendes gemeinsames Testament auf.
Ihre Weitsicht war berechtigt, wie sich zeigen sollte.

1942

Die Zeiten wurden, wie überall, auch im Hause Kivit härter. Alle männlichen Mitglieder der Familie lagen irgendwo in Europa an der Front. Die Frauen hatten Mühe, allein zurechtzukommen. Verdienstmöglichkeiten gab es keine auf der Insel mehr, die Badegäste blieben in Kriegszeiten aus. Der Hunger herrschte, wie überall in Deutschland, auch hier. Von den Buhnen waren alle Muscheln abgeerntet worden, so dass sie blank und unbewachsen wie nie zuvor, ins Meer hinausragten.
Schiffe, um auf Fischfang zu gehen, gab es keine mehr. Auch wenn sie welche gehabt hätten, konnte man sie nicht nutzen, da das Wasser rund um die Insel vermint war. Auch die ausgeworfenen Angeln an der Mole blieben immer häufiger leer. Möweneier gab es nur im Frühjahr. Sie mussten länger als zwanzig Minuten gekocht werden, um die Salmonellen in ihnen abzutöten und schmeckten scheußlich. Das Sammeln dieser Eier, Schwarzschlachten der Haustiere sowie das Jagen von Kaninchen in den Dünen war streng verboten. Wie so vieles in diesen Tagen.
Wenn man näher darüber nachdachte, gab es wegen der Kaninchenjagd seit Jahrhunderten Streitigkeiten zwischen den Insulanern und ihrer Obrigkeit auf dem Festland.

Es war bereits dunkel, als sie mit dem Fahrrad in Richtung Ostland fuhren. Auf jedem Gepäckträger klemmte eine Taschenlampe und ein Sack. Es war kalt, es pfiff eisig aus Nordost. Gegen den Wind brauchten sie recht lange, bis sie endlich das Ostland der Insel erreichten.
„Zurück haben wir es leichter“, ermutigten sich die Frauen gegenseitig. Sie ließen ihre Fahrräder am Straßenrand stehen

und machten sich auf den Weg in die Dünen. Hier, fernab vom Dorf, war es unwahrscheinlich, erwischt zu werden. Im Kegel des starken Lichtes der Taschenlampen tauchten Ausschnitte der Dünenlandschaft vor ihren Augen auf und wirkten gespenstig.

Sie waren auf der Suche nach den wilden Kaninchen. Traf ein Lichtstrahl auf eines der Tiere, blieb es für kurze Zeit geblendet reglos sitzen. Diesen Moment konnte man nutzen, um das Tier zu erschlagen.

In dem Augenblick, als das erste Kaninchen im Strahl der Taschenlampe still sitzen blieb, bemerkten die Frauen, dass keine von ihnen an einen Stock oder Ähnliches gedacht hatte. „Typisch Weiber, würde mein Mann jetzt sagen“, flüsterte die eine. Die zweite kicherte kurz. „Meiner hätte noch ganz andere Worte auf Lager“, fügte sie hinzu.

Ida Kivit war nicht zum Lachen zumute. Sie war wütend auf sich selbst. Jetzt mussten sie unnötig Zeit verplempern, um sich einen kräftigen Stock zu suchen.

Wenig später gaben sie ihre Suche in den Dünen auf. „Wir müssen an den Strand“, sagte Ida. „Das ist die einzige Möglichkeit, hier in der Nähe ein Stück Holz zu finden, das wir als Knüppel nutzen können.“

Obwohl es bitter kalt war, kamen die Frauen auf ihrem langen Weg quer durch die Dünen an den Strand ordentlich ins Schwitzen. Endlich dort angekommen, dauerte es auch nicht lange, bis sie etwas Passendes gefunden hatten. „Na bitte, Gott segne unseren Strand“, sagte Ida. „Jetzt aber schnell zurück.“

Zwei Stunden später, vor Kälte zitternd, aber zufrieden, umklammerte Idas Hand den Sack mit fünf toten Kaninchen. Die Ausbeute hatte sich gelohnt, ihre große Familie würde in den nächsten Tagen Fleisch auf den Tisch bekommen.

1943

Die Nordseite der Insel wies auf die offene Nordsee hinaus. Ein klarer, weicher blauer Himmel wölbte sich über ihr. Die Luft roch stark nach Salzwasser, Teer und Tank. Die Wasserfläche erstreckte sich endlos nach Norden, dunkelblau wie Tinte.
Eine leichte Brandung plätscherte gegen den endlos langen Sandstrand. Hier und da erhaschte man einen Blick auf vereinzelte Schwimmer, die den heißen Sommertag genossen. Den jungen Mädchen kam es so vor, als gehöre dieser Teil des Strandes ihnen ganz allein. Eeneke und ihre beiden Freundinnen spielten vergnügt.
Jantje hob den Kopf, lauschte, runzelte die Stirn und verzog die Mundwinkel. „Och nein, nicht schon wieder!"
Auch die anderen beiden Mädchen konnten jetzt das leise Brummen hören. Wie in Wellen, auf und absteigend, kam das Geräusch näher und ging wieder.
Wumwumwum – Stille.
Wumwumwum – Stille.
Jedes mal einen kleinen Tick lauter als zuvor. Nur zu gut kannten die Mädchen dieses Donnern.
Es war das Dröhnen und Brummen von Hunderten von Flugzeugmotoren, die von England kommend, einen neuen Bombenflug über Deutschland flogen.

Aus Erfahrung wussten die Mädchen, dass sie jetzt noch reichlich Zeit hatten, um nach Hause zu gelangen. Das Brummen würde stetig ansteigen, laut und lauter werden, bis die Bomber über ihre Köpfe hinwegflogen und man sich nur noch die Ohren zuhalten konnte. Die Luft würde vibrieren, die Teller und Tassen in den Schränken klappern und

klirren, die Kinder und auch einige Erwachsenen schreien, bis der Spuk vorüber war.
Es blieb den Kindern Zeit, nach Hause zu eilen um sich mit den Eltern in den Luftschutzräumen zu verkriechen. Erfahrungsgemäß war auf den Hinflügen der Engländer für die Insel keine Gefahr zu erwarten. Die Flugzeuge würden erst nach erfolgter Bombardierung der großen Hafenstädte ihre Restposten auf die Insel werfen. Aber man konnte nie wissen!
Vielleicht änderten sie ihre Taktik, oder es war gar ein Angriff speziell für die Insel geplant. Bunker, Batterien und Geschützstellungen ab es schließlich genug auf der Insel, die ein lohnendes Ziel für die Engländer boten.

Am selben Nachmittag, die Insel war Gott sei Dank wieder verschont worden, trieben sich die drei Freundinnen am Bahnhof herum. Sie waren jetzt im Teenageralter und steckten voller Energie. Der Bahnhof war zu dieser Stunde gut belebt, denn die Ankunft des Zuges wurde erwartet. Viele Soldaten standen herum, um in den Zug zu steigen, der sie zum Kasernenbereich brachte. Für die dreizehnjährigen Mädchen waren natürlich die ganz jungen Soldaten von sechszehn oder siebzehn Jahren interessant, die in ihrer Uniform mit stolz geschwellter Brust versuchten, den Mädchen zu gefallen. Einige dieser jungen Männer saßen rauchend auf dem Zaun, der Bahnhof und Inselstraße voneinander trennte. Auf diese Burschen hatten die drei es abgesehen.
Unschuldig schlendernd, die Hände auf den Rücken, liefen sie über die Straße. Sie trugen trotz der Hitze grobgestrickte Pudelmützen, um nicht sofort erkannt zu werden. Eenekes rote Locken kringelten sich widerspenstig um den Strickrand.

Wie zuvor besprochen, schlichen sie sich von hinten an die auf dem Zaun Sitzenden heran. Nach einem kurzen Kopfnicken schupste Eeneke drei, Jantje zwei und Olli, die am weitesten zu laufen hatte, nur einen Soldaten vom Zaun herunter.
Ehe sich die jungen Männer aufrappelten, sah man von den drei Mädchen nur noch fliegende Fersen.
Mit riesigen Schritten, teilweise recht unbeholfen, da ihnen ihre Schuhe viel zu groß waren, sausten sie um die Straßenecke, dicht gefolgt von den Soldaten. Welch ein Spaß, aber nur nicht erwischen lassen!
Schnell hatten sie die Haustür zu Eenekes Elterhaus erreicht, das in unmittelbarer Nähe zum Bahnhof stand. Sie rissen die Tür auf, die krachend hinter ihnen wieder zuschlug und eilten mit lautem Gepolter den langen, dunklen Flur entlang, durchquerten in der Mitte des Hauses eine Art Halle, ehe der Hausflur weiter lief. Im Nu waren sie aus der gegenüberliegenden Haustür, in der Parallelstraße, wieder hinaus. Praktisch so eine Verbindung zwischen zwei Straßenzügen.
Immer noch im Laufschritt, sich den Bauch vor Lachen haltend, versteckten sie sich in den angrenzenden Dünen. Nur Schade, das Onkel Enno zur Zeit nicht auf der Insel war. Er hätte das Risiko ihres Streiches noch erhöht, ein zusätzlicher Nervenkitzel. Onkel Enno, stets langweilig, mürrisch und schlecht gelaunt, hatte für ihre Streiche nichts übrig. Ihn zu ärgern, indem sie laut polternd durch seinen Teil des Hausflures liefen, brachte den Mädchen fast soviel Vergnügen wie die Soldaten.
Sich vor Lachen biegend, verkrochen sich die Freundinnen in den „Lüderitzdünen“ und verbrachten hier den Rest des sonnigen Nachmittags, um weiteren Unfug auszuhecken. Welch ein Spaß! Sie nahmen sich fest vor, es morgen am Bahnhof wieder zu versuchen.

„Wie sieht es eigentlich mit Enten aus?", erkundigte sich Helene Kivit beim spärlichen Frühstück vorsichtig bei ihrer Schwägerin Ida. Seit Tagen, ja seit Wochen hatten sie kein Fleisch mehr auf dem Tisch gehabt. Fischfang war aussichtslos und Kaninchenblitzen musste auf unbestimmte Zeit verschoben werden, da die Dünen nachts verstärkt kontrolliert wurden. Ida nickte, schaute aber dabei ihre Nichte Eeneke an und fragte: „Gehst du mit auf die Jagd?"
„Super, darf ich?" Eeneke war begeistert.
„Ich weiß nicht, ob das richtig ist?", sagte ihre Mutter.
„Ich habe im Moment niemanden, den ich mitnehmen könnte", gab Ida zu bedenken. „Und solange wir immer noch keinen Mann in der Familie haben, müssen wir Frauen eben auf die Jagd gehen."
Eeneke war begeistert. Sie wusste schon lange, wo im Hause das Gewehr versteckt lag, doch sie hatte nie gewagt, es anzurühren, geschweige denn zu schießen.
Würde sie überhaupt eine Ente töten können? Als sie mal vor Jahren mit ihren Freundinnen, als eine Art Mutprobe, einen Frosch mit einem Stein zerquetschte, war sie tagelang untröstlich darüber gewesen. Doch in Kriegszeiten, und wenn der Hunger an einem nagte, verschoben sich die Perspektiven.
Eeneke wurde am kommenden Morgen sehr früh von ihrer Tante geweckt. „Raus aus dem Bett, die Enten warten hoffentlich auf uns."
So früh am Morgen war jedoch keine richtige Zeit für eine Dreizehnjährige. Unausgeschlafen und ein wenig schlecht gelaunt, denn sie hatte die ganze Nacht von zerfetzten Enten geträumt, nahm Eeneke ein kärgliches Frühstück ein. Sie hatte eigentlich keine Lust mehr, wollte sich aber auch nicht drücken, da das Fleisch in der Familie dringend benötigt wurde.

Die Morgenluft war kühl. Als sie am alten Deich ankamen, trafen sie auf eine gute Freundin von Ida, die einen mageren Hund dabei hatte. Das noch jemand mitkommen würde, hatte Eeneke nicht gewusst. Schweigend machten sie sich auf den Weg. Eeneke kam es vor, als hätte Tante Ida auch ihrer Freundin nichts von Eenekes Anwesenheit erzählt. War wieder einmal typisch für sie. Immer hatte sie Heimlichkeiten.
Eine Stunde saßen die drei schweigend an einem kleinen See, als der Morgen langsam graute. Von Enten war weit und breit nichts zu sehen. Eeneke hielt das Gewehr fest umklammert, sie hatte keine Ahnung, ob sie den Rückstoß, von dem sie gehört hatte, aushalten würde.
Ida und ihre Freundin zogen sich teilweise aus und gingen bis zu den Hüften ins kalte Wasser, um die Lockenten zu platzieren. Sie war ihnen dankbar, dass sie das nicht tun musste. Der magere Hund an ihrer Seite roch unangenehm nach feuchtem Hundefell. Je heller der Tag wurde, desto nervöser wurde Eeneke. Auf keinen Fall wollte sie sich heute vor den beiden Frauen blamieren.
„Sollten die Enten nicht landen, sondern vorbeifliegen, suchst du dir eine aus. Wenn du sie sicher im Visier hast, drückst du ab“, sagte Ida zu ihr und zwinkerte ihr aufmunternd zu.
„Glaubst du nicht, es wäre besser, wenn du schießt?“, versuchte Eeneke leicht zu protestieren.
Wenig später war von weitem Geschnatter zu hören. Die Enten kamen schnell näher. „Wenn eine auf dich zukommt, ziel einfach auf ihre Brust.“ Der Hund saß regungslos im Gras, kein Muskel rührte sich, nur sein Hecheln verriet, dass er aufgeregt war. Wie ich, dachte Eeneke. Die Vögel flogen vorbei.
„Jetzt“, sagte eine Stimme hinter ihr. Eeneke suchte sich mit den Augen über den Gewehrlauf hinweg eines der Tiere

über ihnen aus und schoss. Der Rückstoß ließ sie auf ihr Hinterteil zurück ins Gras plumpsen. Sie musste kichern. Neben ihrem Schuss fiel noch ein Zweiter. Verblüfft sah sie, wie die von ihr anvisierte Ente die Flügel anlegte und in gerader Linie abstürzte. Sie schien endlos lange zu fallen, bis sie ins Wasser klatschte. Der Hund sprintete hinterher und packte sie mit seinem Maul. Eeneke war so aufgeregt, dass sie nicht wusste, ob Idas Freundin auch einen der Vögel getroffen hatte, bis der Hund ein weiteres Mal ins Wasser sprang und eine zweite Ente an Land brachte. „Mädchen, du hast den Dreh raus." Idas Freundin klopfte ihr anerkennend auf die Schulter. Eeneke jedoch wusste es besser. Es war reiner Zufall.
Gewissensbisse über den Tod des Tieres plagten sie keine, als sie den schlaffen Körper sah. Im Gegenteil. Ihr lief bereits das Wasser im Mund zusammen, als sie an die kommende Mahlzeit dachte. „Ein guter Schuss", nickte auch Ida.

Heute abend, dachte Eeneke, da war sie sich sicher, würde ihre Mutter, sobald sie die Geschichte erfahren würde, ein ernstes Wort mit ihrer Tante sprechen. Es war wirklich sehr leichtsinnig gewesen, ihrer Nichte den ersten Schuss zu überlassen. Hätte sie nicht zufällig getroffen, wären sie für heute leer ausgegangen, und wer weiß, wann sich wieder einmal die Gelegenheit zur Entenjagd bot.
Eine weitere Stunde verging, in der die drei am kleinen See warteten, doch nichts geschah. Eeneke war der Meinung, sie würden sich versteckt halten, um auf die Rückkehr der Vögel zu warten, bis ihr langsam dämmerte, dass die beiden Frauen nur noch hier waren, um festzustellen, ob sie irgend jemanden durch die Schüsse auf sich aufmerksam gemacht hatten. Als sich immer noch kein Mensch blicken ließ, machten sie sich auf den Heimweg.

November 1945

Ihren Lieblingsstreich am Bahnhof spielten die Mädchen seit August 1944 nicht mehr. Genauer gesagt, seit dem Tag, an dem zur Mittagszeit zwei Züge am Bahnhof auf die Abfahrt warteten. Der eine fuhr in Richtung Reede zum Dampfer nach Emden, der andere in die entgegengesetzte Richtung, zum „Duala“, einer Bunkerstation, in dem die Militärstellungen lagen.
Eben zu diesem Zeitpunkt kam es völlig unerwartet für die Einwohner der Insel, zu einem kurzen Luftangriff. Eine einzige Fliegerbombe wurde geworfen. Diese traf die Lok „Leer“ und zerstörte sie völlig. Zwei Männer verloren dabei ihr Leben.
Diese Tragödie direkt vor ihrer Haustür hatte den Mädchen die Lust am Bahnhofschabernack vergällt. Sie dachten sich andere Streiche aus.
Heute hatten Eeneke und ihre Freundinnen eine Zigarette ergattern können. In diesen Zeiten wirklich eine Rarität. Geraucht hatte noch keine von ihnen, also zogen sie sich auf den Dachboden zurück. Später, als sie gerade das Haus verlassen wollten, kam ihnen doch tatsächlich Eenekes Vater, fast nur noch ein Schatten seiner selbst, entgegen. Er war vor kurzem brandmager aus dem Krieg zurückgekehrt. Seine unerschütterliche gute Laune sowie der Hand zum Schabernack sind ihm jedoch trotz seiner Kriegserlebnisse geblieben.
Selten kam er durch die Haustür den langen Flur entlang ins Haus, er nahm immer den Weg durch den Laden und das angrenzende Lager. Warum ausgerechnet heute nicht?
Verlegen, mit dem Gefühl ertappt worden zu sein, wollten die Mädchen sich schnell an ihm vorbeidrücken.

„Moin, Papa“, grüßte Eeneke knapp. „Moin, Herr Kivit“, zwitscherten ihre beiden Freundinnen gleichzeitig und versuchten, möglichst harmlos auszusehen.
Sie waren schon an der rettenden Haustür angelangt, als Hinderk Kivit extra laut schnupperte. „Habt ihr etwa geraucht?“ Er bemühte sich um einen strengen Tonfall. Die drei Mädchen machten ein gequält unschuldiges Gesicht und ehe eine von ihnen antworten konnte, fügte Hinderk Kivit hinzu: „Lasst euch nicht vom lieben Gott erwischen!“
Erleichtert stürmten sie aus der Haustür hinaus. Bevor sie davonsausen konnten, hörten sie noch: „Und ihr wisst, wer hier im Haus der liebe Gott ist!“

Hinderk wollte mit seiner Tochter das schöne Wetter nutzen, um mit dem alten Boot hinauszufahren und Fische zu fangen. Er war sehr froh, dass Eeneke die Liebe zum Segeln geerbt hatte. Schon manch schöne Stunden hatten sie gemeinsam an Bord verbracht.
Sie brauchten eine ganze Weile, ehe sie die Gewässer vor dem Nordstrand erreichten, denn die Windverhältnisse waren ungünstig. Die gesamte Strecke mussten sie gegen den Wind kreuzen. Als sie endlich die Stelle erreichten, an der sie in den vergangenen Tagen vom Strand aus Makrelenschwärme gesichtet hatten, mussten sie enttäuscht feststellen, dass weit und breit keine einzige Möwe zu sehen war. Denn dort, wo Möwen in großen Scharen über dem Wasser kreisten, gab es knapp unter der Wasseroberfläche garantiert Fisch.
Doch wie es aussah, hatten sie heute Pech. Trotzdem ließen sie ihre Angelleinen über Bord hängen. Die Blinker blitzten im Sonnenlicht. „Was meinst du, werden wir heute noch was fangen?“, fragte Eeneke ihren Vater.
„Sieht nicht so aus, als würde ein Fisch anbeißen.“

„Aber wir haben zu Hause versprochen, etwas zum Essen mitzubringen.“ Eeneke war betrübt und strich sich mit fahriger Bewegung die roten Locken aus der Stirn. Wie sie ihre Haare hasste. All ihre Freundinnen hatten lange Haare, schön zu Zöpfen geflochten. Ihre wurden nie besonders lang und waren recht widerspenstig. Sie rümpfte ihre kleine Stupsnase, auf der sich die Sommersprossen tummelten und sagte: „Schade! Ich habe solch einen Hunger.“

Ihr Vater sagte nichts. Er stellte sich in dem kleinen Boot auf, reckte den Hals und schaute lange an den Strand.

Weit und breit war kein Mensch zu sehen. Konnte er es wagen?

„Wir holen uns was“, sagte er energisch. „Zieh deine Hungerleine ein.“ Er deutete mit dem Finger auf Eenekes Angel.

Kurze Zeit später erreichten sie die Seehundsbank.

Eeneke erriet die Gedanken ihres Vaters und musste sich innerlich schütteln. Seehundsfleisch! Nichts auf der Welt war ihr widerlicher, als dieses tranige, zähe Fleisch. Und, ...es war verboten!

Ein kurzer Blick ins Gesicht ihres Vaters verriet ihr, dass er es ernst meinte und nichts ihn davon abhalten konnte.

Das war der Moment, als auch Eeneke das Jagdfieber packte.

An einer Seehundsjagd hatte sie noch nie teilgenommen.

Sie kannte allerdings all die alten Geschichten von ihrem Großvater und wusste, wie sie sich zu verhalten hatte.

Nervös blickte sie zum Strand hinüber. „Und wenn uns einer sieht?“

„Ach was“, beruhigte sie ihr Vater.

„Mit der Angel willst du die Viecher ja wohl nicht fangen?“

Mit einem breiten Grinsen zog Kivit ein Klappmesser aus seiner ausgebeulten Hosentasche und löste damit das untere Brett der Sitzbank. Hervor zog er ein langes Gewehr, fein

säuberlich in ein Ledertuch gewickelt. Ein übermütiges Lächeln flog über sein Gesicht, als er die leuchtenden Augen seiner Tochter sah.
Vorsichtig manövrierten sie das kleine Segelboot in ausreichende Entfernung von den Tieren auf die Sandbank. Eeneke sprang als erste von Bord und trieb den Anker in den Sand.
Ihr Vater verließ ebenfalls das Schiff und gemeinsam machten sie sich langsam auf den Weg zu den Hunden. Eeneke schlug ihr Herz bis zum Hals hinauf. Ihr Vater deutete ihr mit einer Handbewegung an, in die Hocke zu gehen. So verharrten sie einige Zeit, da bereits einige Tiere ins Wasser rutschten. Hatten sie ihre Jäger schon bemerkt? Die Seehunde waren im Laufe der vergangenen Jahre recht vorsichtig geworden. Hatten sie jahrzehntelang nichts von den Menschen zu befürchten, so wurden sie doch in der schlechten Zeit wieder gejagt.
Eeneke meinte in diesem Augenblick von einem der Tiere direkt mit den treuen dunklen Augen angeblickt zu werden. Sie merkte, wie ihr Herz weich wurde. Schon wollte sie ihren Vater bitten, die Jagd abzubrechen, als dieser beginnt, auf die Tiere zuzurobben. Eeneke schwankte mit ihrem Gewissen. Das Fleisch würde in ihrer Familie und bei Freunden hoch willkommen sein, ebenso das schöne Fell. Andererseits wusste sie, den Braten würde sie nur mit Grausen herunterwürgen können. Ihr stand bereits jetzt der tranig ranzige Geruch in der Nase.
Sie schluckte, ehe ihr schlecht wurde. Ich werde den Schuss vereiteln. Noch ehe sie diesen Gedanken zu Ende gedacht hatte, entdeckten die Seehunde ihre Jäger. Ehe Hinderk zum Schuss ansetzen konnte, waren alle im Wasser verschwunden.

1975

Eeneke lag in ihrem Bett und starrte an die Decke. Es war mollig warm und das Aufstehen fiel ihr heute besonders schwer. Für die kommenden paar Monate würde sie dieses gemütliche Bett und das schöne Zimmer räumen müssen. Ihr graute schon jetzt davor. Deshalb wollte sie es bis zur letzten Minute hinauszögern, diesen Platz zu räumen. Heute jedoch musste es sein. Die ersten Gäste dieser Saison kamen in drei Tagen und bis auf die anderen Schlafzimmer im Haus war noch nichts vorbereitet.
Von Jahr zu Jahr fiel Eeneke die Arbeit schwerer. Seit nunmehr fünf Jahren lebte sie allein mit ihren drei Kindern und ihrer Mutter. Nach dem plötzlichen Unfalltod ihres Ehemannes war sie zu ihrer Mutter ins Haus Kivit zurückgezogen. Da sie über keinerlei eigene Einkünfte verfügte, ihre Witwen- und Waisenrente war lachhaft, war Eeneke gezwungen, mit ihrer Mutter zusammen wieder aus dem Haus eine Gästepension zu machen. Nur nicht über die finanzielle Situation nachdenken, ermahnte sie sich, das verdirbt die Laune.
„Auf, auf, keine Müdigkeit vorschützen, angefasst und nicht gezittert", gab sie sich selbst das Kommando und schwang sich aus dem Bett.
Nach dem Frühstück war es dann soweit. Als erstes musste der riesige Wohnzimmertisch, bestehend aus zwölf mal zwölf alten, wertvollen Delfter Kacheln in Muschelkalk eingelassen und elend schwer, aus dem Wohnzimmer in den unteren Hausflur transportiert werden. Hier würde das gute alte Stück den ganzen Sommer stehen bleiben müssen. Ein anderer Platz war für so ein großes Möbelstück nicht zu finden.

Vorsichtig, mit Hilfe ihrer beiden ältesten Kinder, Silke und Anja, wurde der Tisch hochkant gestellt, damit er durch die Tür passte. Unter Stöhnen und Ächzen, mit gebeugtem Rücken, total durchgeschwitzt vom schweren Tragen, waren sie endlich unten angekommen. Silkes und Eenekes Handrücken waren leicht blutig vom an der Wand entlangschrammen, Anja hatte einen dicken blauen Fleck am Bein und zwei Stellen an der Tapete hatten eine hässliche Delle. „Na also, ist doch besser gelaufen als im vergangenen Jahr."
Nachdem der Tisch und die Polstermöbel aus dem Wohnzimmer verschwunden waren, wirkte der Raum riesig. Das würde sich in den nächsten Stunden ändern, wenn erst einmal aus dem ganzen Haus die kleineren Tische und Stühle zusammengesucht worden waren und das Wohnzimmer sich in ein Frühstückszimmer und Aufenthaltsraum verwandelte.
Anja maulte vor sich hin. „Ich hasse die Badegäste. Jetzt müssen wir wieder jeden Samstag den blöden Fußball im Fernsehen gucken und unsere Lieblingssendung fällt aus."
Silke nickte zustimmend. „Aber dafür schlafen wir wieder unter dem Dach. Ich finde das schön."
In der großen Küche musste ebenfalls etwas mehr Platz geschaffen werden. Alles ein wenig enger zusammengerückt und schon entstand in einer Ecke eine freie Fläche. Hier würde Eeneke ihr Bett für die kommenden Monate aufstellen. Sehr romantisch, dachte sie sarkastisch, alles versteckt hinter einem Vorhang. Ans Kopfende des Bettes zwängte sie ein Regal an die Wand, auf dem Pullover, Blusen und vieles mehr gestapelt wurde. Die restlichen Kleider verschwanden in den beiden Dachkammern bei den Kindern. Sie wurden in Kartons unter den Betten verstaut.

Fräulein Müller wohnte seit drei Tagen in der Pension und genau so lange ging sie Eeneke auf die Nerven. Fräulein

Müller kam aus Iserlohn. Sie war Lehrerin und wie alles ihres Berufsstandes der Wirklichkeit ein wenig entrückt und weltfremd.
Sie wusste nichts mit sich und ihrer Zeit anzufangen und hielt Eeneke von der Arbeit ab. Den lieben langen Tag schlich sie durchs Haus und schaute in alle Ecken. Sie hatte ein Talent, völlig lautlos plötzlich hinter einem zu stehen. Wenn sie einen von der Familie Kivit erwischte, war es immer schwer, sich von ihr loszueisen. Mit ihrem nimmer endenden Wortschwall und ihren Kommentaren zu allen erdenklichen Lebenslagen bestimmte sie jedes Gespräch und erstickte eine anständige Unterhaltung bereits im Keim. Am besten, man lies sie stillschweigend über sich ergehen. Fräulein Müller war so unabwendbar, wie Ebbe und Flut.
„Ich beobachte sie schon seit geraumer Zeit, Frau van Dellen“, sagte sie und Eeneke schrak zusammen, wieder hatte sie sich leise angeschlichen. Das kann ich mir denken, dachte Eeneke, sagte aber nichts.
„Mit welcher Eleganz und glücklicher Erregung im Gesicht sie frühmorgens das Frühstück servieren!“, seufzte Fräulein Müller wehmütig. „Es ist schon eine wahre Freude, Sie zu beobachten. Man merkt sofort, dass Sie alles nur zu Ihrem Vergnügen machen!“
Glückliche Erregung, dachte Eeneke. Pah, der hochrote Kopf kam vom Schwitzen und die Eleganz war schiere Eile, da sie sonst ihre Arbeit nicht schaffte.
„... und dann geht es hurtig, hurtig durch die Zimmer.“ Fräulein Müller unterstrich ihre Beobachtungen mit wildem Armwinken. „Wie Sie das alles meistern, einfach fabelhaft!“ Fräulein Müller strahlt glücklich. „... und für ihre persönliche Pflege haben Sie auch immer noch genügend Zeit, ich meine, allein schon, wie Sie immer Ihre Hände eincremen!“

Mach du mal täglich sieben Waschbecken und vier Toiletten und Duschwannen mit Scheuerpulver sauber, dann gieren deine Hände förmlich nach Fett, wollte Eeneke antworten, doch sie kam nicht dazu.
„Ach, Frau van Dellen, so ein schönes Hobby möchte ich auch mal haben.“
Das reicht, dachte Eeneke, wenn ich mir diesen Quatsch noch länger anhöre, kriege ich auf der Stelle einen Schreikrampf. Ohne irgendeinen weiteren unsinnigen Kommentar von ihrem Gast abzuwarten, verschwand sie fluchtartig in ihrer Küche. Sie schaffte es gerade noch rechtzeitig Fräulein Müller die Tür vor der Nase zuzuschlagen.

Die Kinder hatten Sommerferien. Heute war ein herrlich warmer Tag und die Gäste sind frühzeitig zum Strand oder ins Grüne gegangen. Die Kinder konnten am Vormittag mit im Haus helfen und so war das Tagewerk schnell erledigt. Ein seltenes Geschenk, dachte Eeneke und was lag da näher, als den restlichen Tag am Strand zu genießen. Borkum hat so einen herrlichen weißen Sandstrand.
Zu jeder Saison wurden von der Kurverwaltung Badefelder auf dem Nord- und Südstrand abgesteckt. In diesen Feldern wurde das Baden von Rettungsschwimmern überwacht. Es war für Einheimische wie Gäste sehr beruhigend zu wissen, dass auch noch andere auf ihre spielenden Kinder im Wasser achteten.
Eeneke hatte sich für diesen Sommer ein Strandzelt gemietet, um in der anstrengenden Saison wenigstens ein Plätzchen zu haben und etwas entspannen zu können und um Zeit mit ihren Kindern zu verbringen.
Als endlich alles zusammengesucht war, was sie für den Strandbesuch benötigten, Luftmatratze, Handtücher, Sonnencreme, Sonnenhüte und nicht zu vergessen die

Saftflaschen mit Himbeersirup und Kekse, ging es ab zum Strandzelt. Die Familie van Dellen besaß einen Hund, eine schwarze Promenadenmischung, verrückt, verspielt und ziemlich ungehorsam. So hatten sie ihr Zelt am Hundestrand. Hier zu liegen hatte seine Vor- und Nachteile. Einer der Vorteile war, zwischen dem ewigen Gekläffe der Hunde war das Kindergeschrei unauffälliger und wurde kaum von jemandem bemäkelt. Gleichzeitig war der Strandburgenbau am Hundestrand nicht ganz so ausgeartet, wie an den übrigen Stränden. „Auf Borkum ist alles anders", besagt ein Sprichwort, denn nur auf dieser ostfriesischen Insel war es erlaubt, um sein Strandzelt eine Sandburg zu bauen. Es gab die tollsten Variationen. Schiffe, die bunt beflaggt und aufgetakelt wurden, Krokodile, reich mit Muscheln verziert, Meerjungfrauen, Seesterne und so manches Fabelwesen, sie alle tummelten sich im Sand. Da wurde eifrig gegossen und geglättet, geschaufelt, geformt und modelliert. Inschriften aus Muscheln sagten „Gruß aus Dortmund" und ähnlich Geistreiches. Da wurden Männer zu Kindern und Frauen zu Furien, sollte einer ihren Kunstwerken zu nahe treten.
Eenekes Kinder hatten sich in Windeseile entblättert. In einem Radius von drei Metern lagen Socken, Unterhosen und sonstiges, natürlich alles auf links gestülpt, herum.
„Macht nichts, Hauptsache erst einmal Ruhe!"
Die Kinder vergnügten sich mit dem Hund am Wasser. Kurz, nachdem Eeneke es sich im Liegestuhl gemütlich gemacht hatte, wurde sie gestört. Eine laute Stimme erklang in höchsten Tönen aus der Nachbarburg: „Agamemnon, komm zu Mutti!" „Agamemnon, geh nicht dorthin, da wohnen diese fürchterlichen Kinder", rief die Hundemutti.
Eeneke öffnete ein Auge und schielte auf Agamemnon. Besagter konnte leider mit dem sagenhaften König von Mykene keinerlei Ähnlichkeit aufweisen. Der kleine Rauhaardackel

mit dickem Hängebauch, Tränensäcken und steifen Beinen, ganz wie Frauchen, ließ sich nicht von Frauchens Stimme beirren, wie Eeneke aus ihrem Augenwinkel sehen konnte. Er tat was er wollte. In Sekundenschnelle, wer hätte das bei diesem Bauch vermutet, stürzte sich der Dackel auf die Kekstüte der Kinder. Durch das Knistern und Rascheln, diesem Geräusch konnte Eenekes Hund auf keinen Fall widerstehen, angelockt, lagen sich nach kurzer Zeit die beiden Tiere buchstäblich in den Haaren.
„Friss ihn", wünschte Eeneke ihrem Hund, ohne die geringsten Anstalten zu machen, sich aus ihrem Liegestuhl zu erheben.
Agamemnons Mutti würde das schon regeln, da war Eeneke sich sicher. Nachdem Agamemnons Besitzerin die beiden Tiere getrennt hatte, klemmte sie sich ihren fetten Liebling kurzerhand unter den Arm und stapfte wütend davon. „Komm Schätzchen, jetzt gehen wir erst einmal zum Onkel Kurdirektor und beschweren uns über diese fürchterliche Familie", keifte sie laut und verschwand.
Endlich Ruhe!
Was sind das doch erholsame, erquickliche Nachmittage, dachte Eeneke bescheiden und zufrieden, ehe sie in der Sonne einschlief. Aufgeschreckt wurde sie durch ihren Hund, der sich das Meerwasser direkt neben ihrem Liegestuhl aus dem Fell schüttelte. Und schon kamen auch die Kinder angerannt. Zitternd, mit blauen Lippen, wurden sie von ihrer Mutter abgetrocknet. „Legt euch in den warmen Sand, ihr seit ja ganz durchgefroren", ermahnte Eeneke sie.
„Kriegen wir auf dem Nachhauseweg noch ein Eis?", erhielt sie nur als Antwort, die Kältesorgen ihrer Mutter ignorierend.
Eeneke schaute auf die Uhr, schon so spät! „Packt eure Sachen zusammen, wir müssen nach Haus. Gleich kommt der Zug, ich erwarte für heute noch ein paar Gäste."

Zu Hause angekommen, standen bereits zwölf Herren im Flur und warteten. Das ganze Dutzend mehr oder weniger betrunken. Na, das konnte ja heiter werden!
Kegelclubs waren Eeneke von jeher ein Graus. Männliche Clubs im Haus einer alleinstehenden Frau bedeuteten immer Ärger. Doch was soll es, jede Mark wurde gebraucht.
Es dauerte unendlich lange, bis sich zwölf Herren auf nur sechs Zimmer verteilt hatten, zumal die meisten bereits ihr Gepäck nicht mehr von dem der anderen unterscheiden konnten. Erschöpft und völlig ausgelaugt von diesem Tag ging Eeneke am Abend rechtzeitig zu Bett. Hinter dem Küchenvorhang und zwölf besoffene Kerle im Hause, kann man sich etwas Romantischeres vorstellen. Über diese ironischen Gedanken schlief sie ein.
Gegen ein Uhr nachts klopfte es energisch an ihrer Tür. „Frau van Dellen..., juhu..." Dann wurde heftiger an die Tür getrommelt und gerüttelt. „Ich bin es Fräulein Müller!"
Das darf doch wohl nicht wahr sein, dachte Eeneke.
„Sie müssen unbedingt herauskommen", rief Fräulein Müller dramatisch. „Irgend so ein komisches Geräusch lässt mich kein Auge zumachen."
Schlaftrunken im Nachthemd wankte Eeneke an die Tür und öffnete. Fast hätte sie laut aufgeschrien. Fräulein Müller wirkte wie ein Gespenst. Rosa Lockenwickler im Haar und weiße fingerdicke Niveacreme im Gesicht, es wirkte, als würden ihre Eulenaugen hervortreten. Müllers Nachthemd stammte sicherlich aus dem vergangenen Jahrhundert. Darunter lugten wollene, dunkle, selbstgestrickte Socken hervor, wirklich sexy! Eeneke wankte die Treppe hinunter, immer dem rasselnden Geräusch hinterher. Unten im Hausflur, unter der Treppe, fanden sie den Übeltäter. Laut schnarchend und offenbar seinen Rausch ausschlafend, denn er rührte sich nicht.

„Jetzt reicht es aber“, rief Eeneke wutentbrannt. Die Müdigkeit fiel von ihr ab. Zornig öffnete sie die nächstliegende Zimmertür eines der Kegelbrüder. Aber hier war alles in Ordnung.
„Oh Gott, oh Gott“, kreischte Fräulein Müller direkt hinter ihr Eeneke ins Ohr und schaute neugierig ins Schlafzimmer.
Im zweiten Zimmer waren fünf Füße am Ende des Doppelbettes zu sehen. Ach nein, eines war nur ein Schuh. Alle Wohlgerüche dieses Universums, Schweißsocken, kalter Rauch, Alkoholdunst und weniger klar Definierbares schlug ihr entgegen.
„Oh Gott, oh Gott“, war alles, was Fräulein Müller auch hier zu sagen hatte. Diesmal stand sie bereits mutig neben Eeneke in der Zimmertür.
Im nächsten Zimmer hörte man von ihr nur ein mit spitzen Lippen gehauchtes „Oohh“, als sich ihnen ein nackter, runder und behaarter Männerhintern entgegenstreckte.
Fräulein Müller war entzückt und Eeneke kochte bereits vor Wut. Ein verschlafener Männerkopf erschien unter den Decken und stierte Fräulein Müller mit glasigen Augen an.
„Geist weiche von mir“, lallte er volltrunken und verschwand wieder unter den Kissen. Was nun? Alle Wuppertaler Kegelbrüder „Gut Holz“ lagen vollzählig in ihren Betten. Ein Saufbold zuviel im Haus. Wenn es nach Eeneke gegangen wäre, sie hätte ihn einfach liegen gelassen. Morgen früh wäre er garantiert verschwunden und das Problem hätte sich von allein gelöst. Doch jetzt... mit Fräulein Müller im Schlepptau!
Kurz entschlossen rief Eeneke bei der Polizei an und bat darum, den Unbekannten zu „entsorgen“.
„Liebes Fräulein Müller, gute Nacht, und träumen Sie schön von meinem Hobby.“

Ein Mal die Woche, montags, ging Eeneke zum Turnen. Nicht das es zu ihren Hobbys zählte, auch war Gymnastik während der Saison im Grunde genommen vielzu anstrengend. Und sich am Abend vor dem Fernseher oder einem guten Buch aufzuraffen, um sich sportlich zu betätigen, erforderte viel Disziplin von ihr. Im übrigen war sie der Meinung, Turnen sei nicht die richtige Betätigung für sie. Und dennoch ging sie hin, um dem täglichen Einerlei der Pensionsarbeit wenigstens zeitweise zu entkommen und um einmal etwas anderes zu hören, als die Gespräche der Kinder und die Nichtigkeiten der Gäste, wie, „das Ei war aber heut morgen wieder eine halbe Minute zu lang gekocht". Da war sogar Turnen eine willkommene Abwechslung.
Eine verschworene Gemeinschaft derjenigen Borkumer Frauen, die nichts als die Zusammensetzung einer Gesichtsmaske, die Zensuren ihrer Kinder, ihre speziellen Küchenrezepte und Wehwehchen im Kopf hatten, versprach wöchentlich kurzzeitig eine heile Welt. Frauen, deren einzige Sorge das pünktliche Mittagessen und die Meinung ihrer Ehemänner zu sein schien, lenkten am besten von sich selber und den eigenen Sorgen ab. All diese Frauen hatten bisher in ihren Leben kaum etwas allein entschieden, geschweige denn, sich selbständig irgendwo durchbeißen müssen. Eine Ausnahme war da nur Iris, aber das zählte auch wieder nicht richtig, denn sie hatte nicht für Kinder zu sorgen.
„Deren Sorgen möchte ich haben", dachte Eeneke nicht das erste Mal. Beim Umkleiden konnte sie Gesprächsfetzen einer kleinen Frauengruppe auffangen. „Hast du auch so ein Völlegefühl nach dem Essen?" „Ja." „Und vor dem Essen nicht?" „Nein", kam die Antwort. „Das habe ich mir gedacht", ereiferte sich die Fragende und legte mit Gesundheitstipps gegen Magenbeschwerden los.

Eeneke verdrehte die Augen und sah zu, dass sie die Umkleideräume schnell verließ. Im Trainingsraum wurden bereits die ersten Runden gelaufen, um warm zu werden. Eine Gasmaske wäre schon wünschenswert, dachte Eeneke. Einige Damen schienen ihre Reinlichkeit nur auf Haushalt und Kinder zu beziehen.
Nach den Aufwärmrunden kam eine viertel Stunde Spiele an die Reihe, die Eeneke eisern durchhielt. Ärger lag in der Luft. Die Putzfrau, die die Praxis von Herrn Doktor Heidenaus reinigte, war ausgerechnet zur Schiedsrichterin beim Staffellauf bestimmt worden. Sie hatte durch ihren Entscheid über eine unkorrekte Übergabe der Stafette den Zorn von „Frau Doktor" Heidenau, sie ließ sich gerne so nennen, auf sich gezogen. Gleichzeitig hatte die Gattin des Bürgermeisters entschieden, dass der Eierlauf wiederholt werden müsse, da angeblich gemogelt wurde. „Mein Gott, deren Sorgen möchte ich haben!"
Als bei der Rolle rückwärts auf der staubigen Turnmatte die Bürgermeistergattin eine schlechte Figur machte und die disqualifizierten Eierläuferinnen schadenfroh kicherten, war die Atmosphäre zum Schneiden dick. Die bissigen Bemerkungen über die figürlichen Qualitäten und Quantitäten gingen unter die Gürtellinie. Was hält man nicht alles aus, für ein bisschen Gesellschaft. Nach dem Turnen gingen alle gemeinsam in ein Lokal, um ausgiebig zu tratschen. Hierbei waren sie sich ausnahmsweise alle wieder einig. Auch Frau Doktor. So richtig gemeinsam raffen und über andere tratschen schweißte zusammen, herrlich! Was gibt es Neues, wer hat wen geheiratet, welcher Mann hat eine Freundin und was sagt seine Frau dazu?
Martha, eine Hypochonderin, wie sie schöner nicht im Buche stehen könnte, unterhielt sich angeregt mit Erika, deren Bereitschaft zu körperlichen Leiden Marthas in nichts

nachstand. Natürlich redeten sie über Krankheiten, so von Patient zu Patient. Diese hatte sowieso am meisten Ahnung von der Materie. Es gab, mit Ausnahme der schwarzen Pocken, so gut wie keine Krankheit, die die beiden noch nicht überwunden hatten. Oder doch zumindest ansatzweise. Allein der Verdacht auf Pocken war ja schon etwas wert.
„Ich gebe eine Runde aus“, sagte Eeneke, um von Krankheiten abzulenken. „Und dann erzähle ich euch von meinem gestrigen Polizeieinsatz.“
„Von Alkohol bekomme ich immer Pickel im Gesicht“, meinte Erika, Eenekes Worte überhörend und strich sich demonstrativ mit den Fingern übers Kinn. Pickel waren keine zu sehen.
„Und außerdem geschieht irgendetwas mit meinem Blutdruck, denn von Bier kriege ich immer rote Flecken im Gesicht. Sollte das etwa eine Hautkrankheit sein?“ Die Frage klang hoffnungsvoll. „Das liegt an der Hefe“, wusste Martha. „Dagegen bin ich auch allergisch“, fügte sie mit Nachdruck hinzu. Wollen doch mal sehen, wer hier wohl kranker war.
„Ich bin eigentlich gegen fast alles allergisch“, setzte Erika noch einen oben drauf, mit sich selbst zufrieden.
Kurzes nachdenkliches Schweigen folgte.
„Meinst du, mein Mann ist auch gegen Hefe allergisch?“, wollte Martha besorgt wissen, denn zu ihrer Person schien ihr im Moment nichts mehr einzufallen.
„Wie kommst du denn darauf?“, fragte Erika spitz, als wollte man ihr ihre Krankheit streitig machen.
„Also, immer wenn er ein paar Bierchen getrunken hat, bekommt er einen roten Kopf“, klagte Martha und merkte nicht, wie die anderen am Tisch sich das Lachen mühsam verkneifen mussten.
Weniger zum Lachen war es Eeneke am kommenden Morgen.

Fräulein Müller stand bereits vor dem Frühstück in der Küche, scharwenzelte dauernd um Eeneke herum, stand im Weg und überhaupt, wie sah sie eigentlich aus?
Haare toupiert, dicker blauer Lidschatten und knallroter Lippenstift. Die Bluse hatte sie über den nackten faltigen Bauch zusammengeknotet. „Hippimäßig“, kicherte sie, als sie Eenekes skeptischen Blick bemerkte.
Ihre Rippen waren einzeln zu zählen, der Po schlackerte in der Hose, auf den hohen Schuhen konnte sie kaum laufen. Wo sie diese wohl so schnell her hatte? Eeneke schwante Böses. Sollte der behaarte Männerpo diese Veränderung bewirkt haben?
„Meinen Sie, ich bin zu alt für so was?“, fragte Fräulein Müller und trippelte ohne eine Antwort abzuwarten, wie ein Teenager kichernd, ins Frühstückszimmer, wo gerade der Kegelclub laut dröhnend eintraf.
„Entschieden zu alt“, murmelte Eeneke hinter ihr her.
Im Frühstückszimmer war heute morgen der Teufel los. Die Kegelbrüder hatten einen derben Rausch zu verkraften. Trotzdem standen bereits blaue Zigarettenrauchschwaden im Raum, vermischt mit einer Prise Alkoholdunst. Fräulein Müller versuchte sich als Gastgeberin und fragte die Herren nach ihren Getränkewünschen. „Kaffee, Tee, Kakao?“, flötete sie und klimperte erwartungsvoll mit ihren viel zu kurzen Wimpern.
„Hamse kein Bierchen?“ Verquollene Augen blickten sie an. „Ich will ´nen Korn und ein Ei“, sagte der Nächste. „Auch ein blindes Huhn findet mal ein Korn“, sagte einer, mit schiefem Blick auf Fräulein Müller. Alle bogen sich vor Lachen.
„Marmelade mag ich nicht. Haben Sie keinen Salzhering?“ gröhlte einer aus der Ecke, haute sich vor Vergnügen auf die Oberschenkel und drückte seine Zigarette in der Marmelade

aus. Total entnervt floh Fräulein Müller auf ihr Zimmer und war für den Rest des Tages nicht mehr zu sehen.
Eeneke war den Jungs wirklich dankbar.

Den Rest des Tages verbrachte Eeneke mit Putzen in den Gästezimmern. Die „Brüder“ waren gegen Mittag abgereist. Schlachtfelder hatten sicherlich ähnlich ausgesehen.
Ein wahrer Segen die Erfindung von Gummihandschuhen. Wenn es Eeneke allzu sehr vor den Zahnpasta- und Seifenspuren, den hellbraunen Fetträndern, in vormals weißen Waschbecken und Haaren in jeglicher Farbe und Körperherkunft ekelte, streifte sie sie über. Als langerprobte, hartgesottene Vermieterin waren das jedoch für Eeneke Kleinigkeiten, die sich beseitigen ließen, ebenso wie vollgesch... und vollgek... Toiletten. Was sie jedoch wirklich ärgerte, waren diejenigen Gäste, die zerstörten und dann ihre Untaten verdeckten. Was hatte sie im Laufe der vergangenen Jahre nicht alles erlebt! Tomatensoße an der Tapete, und sie wunderte sich, dass der große Kalender plötzlich an einer anderen Stelle hing.
Die Umstellung der Möbel durch Gäste entpuppte sich oft als Tarnung für Brand- oder Rotweinflecke auf dem Teppich. Auch hatte sie schon komplett zerschnittene Teile von Teppichböden nach Abreise des Gastes entdeckt. Wie es zu so etwas kommen konnte, war ihr bis heute ein Rätsel. Abgezogene Betten und dazu das Angebot, für die nachfolgenden Gäste schon mal wieder frisch zu beziehen, entpuppten sich allzu oft als nasse Matratzen, die einfach umgedreht wurden. Herausgezogene Stecker aus Nachtischlampen sind meist Anzeichen dafür, dass die Glühbirne durchgebrannt war. Nicht weiter schlimm, passiert immer mal, das ist Verschleiß. Jedoch man muss genau hinsehen, denn manchmal waren die Glühbirnen einfach nur geklaut.

Bei einer Freundin, die Zimmer mit Küchenbenutzung anbot, hatte ein Gast seine Gummistiefel bei zweihundert Grad im Backofen trocknen wollen. Wie der Ofen hinterher aussah, kann man sich kaum vorstellen. Doch glücklicherweise war nur ein winzig kleiner Teil der Gäste so.
Eenekes Kegelbrüder waren alles in allem normal.

Am kommenden Nachmittag schloss sich Eenekes Cousine Bärbel der kleinen Strandgruppe an. Nachdem die Kinder sich wie gewohnt entblättert hatten und in Richtung Wasser verschwanden, kam Agamemnon aus der Nachbarburg angetrottet. Von der gestrigen Geschichte wohl unterrichtet, konnte Bärbel sich einen Gegenschlag nicht verkneifen.
„Cäsar“, rief sie unseren Hund, der bis dato auf den Namen Anka hörte. „Cäsar, mein kleiner Kaiser und Gott, komm zu deiner Kleopatra“, flötete Bärbel in den höchsten Tönen.
Und wirklich, Anka machte kehrt und legte sich brav zu ihren Füßen. Eeneke blieb die Luft weg. Man sollte meinen, der Hund hätte Verstand und Humor, um so ein Spielchen mitzumachen.
Bärbels triumphierendes Lächeln in Richtung der Nachbarburg sorgte für Ruhe. Sie konnten Sonne, Wasser und Sand genießen.
„Gott segne unseren Strand“, murmelte Eeneke.

Der Seitenhieb Bärbels blieb allerdings nicht ohne Folge. Der Strandzeltvermieter Harm Sande fing Eeneke am darauffolgenden Nachmittag bereits an der Holztreppe ab, die an den Strand runterführte.
An diesem Teil des Strandes wurde die Insel von einer gewaltigen Steinmauer, die sich etwa zwei Meter über den Sand erhob, gut zehn Meter breit und fast drei Kilometer lang war, vor den Gewalten des Meeres geschützt. Um an den Strand

zu gelangen musste man über besagte Holztreppe gehen, an denen die Strandzeltvermieter ihre Vermietungsbuden stehen hatten. Hier lagerten sie auch Liegestühle, Schaufeln und Gießkannen, die ebenfalls vermietet wurden. Auch fand sich an jeder Treppe eine sogenannte Milchbude. Aus Holz gearbeitete Verkaufshäuschen, in denen kühle Getränke, Kaffee und Kuchen, Eis und vieles mehr angeboten wurden.
Eben an besagter Treppe sagte Harm zu Eeneke: „Gestern hat sich eine Badegastfrau über dich beschwert. Sie hat mit mir geredet, weil „Onkel Kurdirektor“, wie sie zu ihrem Hund sagte, nicht zu sprechen war.“ Harm Sande sprach mit Eeneke im väterlichen Ton, er konnte sie gut leiden.
„War zu erwarten“, antwortete sie.
„Reg dich nicht auf. Ich habe euer Zelt schon an eine andere Stelle getragen. Ich hoffe, du bist damit einverstanden. Es steht gleich da“, wies er die Richtung. „Ich danke dir“, sagte Eeneke und meinte es aufrichtig. „Gern geschehen. Ich weiß, dass du Ruhe nötig hast. Mit solchen Leuten lohnt es sich gar nicht erst zu streiten“, meinte er freundlich.
„Wunderbar, dieser Platz ist sogar noch besser als der alte“, sagten die Kinder. Das Zelt stand nun in der Nähe der Treppe, mit freiem Blick zum Wasser. Und noch etwas Gutes hatte der neue Platz. Man konnte den Gesprächen zwischen den Strandzeltvermietern und den Gästen lauschen. Das entspannte ungemein. Waren sie doch spritzig und vollgespickt mit Ironie, wofür die Zunft der Strandzeltvermieter bekannt und beliebt war.
„Sagen Sie mal, aus welcher Richtung kommt der Wind?“
„Aus Norden“, sagte der Strandzeltvermieter.
„Aber das haben Sie gestern und vorgestern auch schon gesagt.“
„Stimmt.“

„Aber er kommt doch heute aus einer ganz anderen Richtung.“
„Der kommt eben zurück.“
Bei solchen Schlagabtauschen wurde Eeneke bewusst, dass auch andere ihr Geld sauer verdienen mussten.
„Wenn ich in diese Richtung gehe, wo komme ich da hin?“
„Mit ´n Lief vull Water in de Himmel.“ (Mit dem Leib voll Wasser in den Himmel).
„Ach, ich höre das Plattdeutsche so gerne“, freute sich der Gast und zog in angegebener Richtung davon.

Herbst 1976

Die Saison 1976 war glücklich und ohne nennenswerte Zwischenfälle zu Ende gegangen. Wie jeden Herbst und Winter standen für Eeneke Arbeiten an, die in anderen Familien von den Ehemännern erledigt wurden. In einem so großem Haus wie ihrem, war andauernd etwas zu tun. Im vergangenen Herbst waren Zimmer Drei, Fünf und Sieben von ihr frisch tapeziert worden, eines der Zimmer hatte einen Teppichboden erhalten, bei den anderen beiden Zimmern würde der alte noch eine Saison aushalten müssen. Die nur knapp zwölfwöchige Saison brachte eben gerade genug ein, um ein ganzes Jahr davon sparsam leben zu können. Und jede Saison hinterließ ihre Spuren, die ausgebessert oder erneuert werden mussten.

Mit siebzehn Gästen begann der Tag morgens um sechs Uhr, jeden Tag, auch sonntags, von Mitte Juni bis Mitte September, mit der Vorbereitung des Frühstücks für die Familie und die Gäste. Anschließend, wenn die Kinder in der Schule waren, wurden die Gästezimmer gereinigt. Mindestens zwei Waschmaschinenfüllungen an Schmutzwäsche fielen täglich an. Trocknen und Bügeln inbegriffen. Eenekes Mutter kochte zum Glück täglich das Mittagessen und bis auf die eine Stunde nachmittags am Strand, ging ihr Arbeitstag von morgens sechs bis abends einundzwanzig Uhr. Bis auf die kurze Turnunterbrechung einmal die Woche, blieb für nichts, aber auch gar nichts anderes Zeit. Nur gut, dass niemand aus der Familie während der Saison Geburtstag hatte.
War die Saison glücklich beendet, stand im Herbst erst einmal Grundreinigung, der Hausputz, inklusive Teppich-

reinigung und Möbelrücken an. Danach tapezieren und streichen. Die Fenster waren alt, sie mussten diesen Herbst gebeizt, gekittet und gestrichen werden. Die meisten Zimmertüren ebenso. Das Dach leckte und die Gauben wurden morsch. Der Schornstein, der durch zwei Zimmer führte, war versottet und hinterließ hässliche Flecken. Ein Klo leckte und ein Spülkasten klemmte. Aber diese Arbeiten würde sie nicht selber machen können. Vor zwei Jahren erhielten drei Zimmer neue Waschbecken, vor drei Jahren musste im ersten Stock die Heizung erneuert werden. Hinzu kamen hier und dort neue Gardinen und ein paar alte Sessel wurden von Eeneke mit gleichem Stoff bezogen. Jeden Winter mussten Bett- und Tischwäsche ausgebessert werden. Da kam einiges zusammen.
Doch erst einmal musste die Familie Urlaub machen. Der erste, seit dem Tod ihres Mannes. Eeneke, die Kinder und ihre Mutter verbrachten herrliche vierzehn Herbsttage in der Lüneburger Heide. Viel zu schnell war die schöne Zeit vorbei.
Die lange Schiffüberfahrt auf der Rückreise war ermüdend und für die Kinder langweilig. Erschöpft stiegen sie am Abend in die gute alte Bimmelbahn. Jetzt nur noch zwanzig Minuten gemütlich über die Insel geschnauft, dann waren sie zu Hause. Es war bereits dunkel, doch Eeneke raffte sich noch einmal auf, um einen Kontrollgang im und um das Haus zu machen. Auf dem kleinen Hof zum Nachbarn linkerhand war es besonders dunkel, oder kam es ihr nur so vor? Irgendetwas war anders. Nur langsam gewöhnten sich ihre Augen an die Dunkelheit. Was sie zu sehen bekam, konnte sie kaum fassen. Wütend machte sie auf dem Absatz kehrt und stürmte ins Haus zurück, kramte in einer Kommodenschublade, bis sie endlich eine Taschenlampe fand. Damit konnte sie den Hof beleuchten. Ihre Befürchtung

von eben bewahrheitete sich. „Unverschämt“, schrie sie wütend. Ihr Nachbar hatte die Unverfrorenheit besessen, während ihrer Abwesenheit Bautätigkeiten durchzuführen, die ihrer Erlaubnis bedurften und zu der sie niemals ihre Zustimmung gegeben hätte. Knapp eineinhalb Meter von den Fenstern ihrer Gästezimmer entfernt, auf der gemeinsamen Grundstückgrenze, hatte er ein Fundament gezogen, auf dem bereits eine 1,40 Meter hohe Mauer stand. Tränen traten Eeneke in die Augen, die Müdigkeit war verflogen. „Dieses Miststück, nicht einmal in Ruhe kann man verreisen“, schimpfte sie. Sie konnte sich gut daran erinnern, wie vor ein paar Jahren es dem gleichen Nachbarn gelungen war, auf der Rückseite seines Grundstückes dem dort angrenzenden Nachbarn während dessen Ortsabwesenheit kurzerhand die Küchenfenster zuzumauern. Er hatte einfach seine Garage davor gesetzt.

„Aber nicht mit mir“, drohte Eeneke laut über den Hof und hob die Faust. Entschlossenheit spiegelte sich auf ihrem Gesicht, als sie, ohne anzuklopfen, Nachbar Mases Haustür stürmte.

„Was denn, was denn?“, fragte Rainer Mase scheinheilig und hob beschwichtigend die Hände. Er stand bereits im Hausflur, also wurde sie erwartet.

„Was soll das? Willst du mich auch so zubauen, wie vor Jahren den armen Peter?“, schimpfte Eeneke. „Ich lasse mir das nicht gefallen, das sage ich dir!“ Wutschnaubend, die Arme in die Hüften gestemmt stand sie vor ihm.

„Ich weiß gar nicht, was du meinst?“, sagte Rainer Mase süffisant lächelnd.

„Du glaubst wohl, ich bin blind. Den Anbau, den du da baust, ist verboten, das weißt du ganz genau.“

„Das wird kein Anbau.“ Die Idee kam Mase gerade in diesem Augenblick, als er sich eine gewaltige Mauer zwischen sich und Eeneke wünschte.

„Was denn dann, bitte schön?“ Eeneke war misstrauisch, ihr wurde bewusst, dass sich dieser durchtriebene Mann wie immer ein Hintertürchen aufhalten würde. Damals bei Peter konnte er sich damit herausmogeln, indem er einem armen Menschen bei der Kreisverwaltung die Schuld in die Schuhe schob. Nach dem Motte: Ich wusste doch nicht, dass mein Nachbar da seine Fenster hat.

„Das wird eine Gartenmauer.“

„Pa, eine Gartenmauer, mit Hohlschicht und Verblender, wem willst du das erzählen?“

„Das musste ich so bauen. Das hat mir das Bauamt so vorgeschrieben“, erwiderte Rainer arrogant.

„Dieser Trick ist alt, oder glaubst du, dass deine Schurkerei von damals nicht im Ort die Runde gemacht hat? Bauamt, ha, dass ich nicht lache.“ Zornig kehrte Eeneke ihm den Rücken zu und verließ sein Haus. „Nichts als Ärger mit dem Kerl.“

Noch immer im Mantel griff sie zum Telefon. Sie musste ihr Glück versuchen, aber wen sollte sie anrufen?

Koffer und Taschen standen kunterbunt im Flur herum, die Kinder packten mittendrin ihre Urlaubsandenken aus und ihre Mutter unterbrach dauernd ihre Gedankengänge mit den pessimistischsten Zukunftsaussichten, wenn der Bau vollendet werden sollte.

„Sag ihnen, dass er den armen Peter auch zugebaut hat.“

„Ja, Mutter“, Eeneke hielt den Telefonhörer in der Hand, ohne gewählt zu haben.

„Ich mag gar nicht daran denken, wie dunkel es jetzt in den Gästezimmern sein wird. Wie soll man denn so etwas Gästen anbieten?“, jammerte ihre Mutter unbeirrt weiter. „Und sag auch, dass das unsere Südseite ist, und wenn er so weiterbaut, müssen wir bereits mittags das Licht anmachen.“

„Ja, Mutter.“

„Nun, was sagen sie?“, fragte Mutter, nachdem Eeneke den Hörer aufgelegt hatte.
„Nichts, ich habe mit niemanden gesprochen. Abends, um diese Zeit ist keine Behörde mehr zu erreichen.“

Rainer Mase blickte nur zufällig aus seinem Fenster und sah den Lichtschein einer Taschenlampe über den Hof blitzen. Zuerst dachte er an Diebe, doch dann sah er kurz Eenekes Gesicht im Lichtkegel.
„Mist, sie sind schon zurück.“ So schnell hatte er nicht damit gerechnet. Sagte sie nicht, sie wolle ganze vier Wochen im Urlaub bleiben? Das schmiss natürlich den gesamten Plan über den Haufen. Rainer Mase hatte alles bestens vorbereitet. Die Handwerker waren pünktlich bestellt worden, gleich eine halbe Stunde nach Abreise der Familie van Dellen hatten sie mit dem Aushub für die Fundamente begonnen. Die Bauarbeiter hatten ihm zugesichert, dass alle Arbeiten innerhalb dieser vier Wochen erledigt sein würden.
Da er hierfür keine Baugenehmigung besaß, hatte er sich eine kleine Truppe engagiert, die auch mal Schwarzarbeit machte. Es war gar nicht so einfach gewesen, aber Rainer hatte es geschafft, dass keiner sich verplapperte. Er hatte ihnen erzählt, es wäre eine Überraschung für seine Ehefrau Berta.
Die für den Bau erforderlichen Steine wurden bereits vor Eenekes Abreise angeliefert. Rainer hatte sie in seinem Flur auf dem guten Teppich stapeln lassen. Die Arbeiter guckten zwar dumm und schüttelten mit den Köpfen, als ihnen Rainer sagte, ihm sei es lieber, wenn die Steine bis zur Verarbeitung nicht mehr nass werden würden. Er hätte gehört, dass würde die Stabilität beeinträchtigen, was natürlich völliger Quatsch war. Doch so spontan war ihm nichts Besseres eingefallen. Kommentarlos musste er die

Bemerkungen der Arbeiter schlucken, als sie grinsend meinten: „Der Zement soll es sicher auch schön kuschelig bei Ihnen haben!“ Wobei sie die Säcke gleich neben die Steine schmissen, dass es nur so staubte. Zum Glück von Rainer kam der Sand erst an Eenekes Abreisetag. Er hätte beim besten Willen nicht mehr gewusst, wo er diesen solange hätte lassen sollen.
Er musste auch hinnehmen, dass sich seine letzten Herbstgäste beschwerten, da sie sich an Steinen, Kübeln und Zement vorbeidrängen mussten. Doch nach einem kleinen Preisnachlass waren auch diese zufrieden.
Und nun das! Warum waren die van Dellens früher aus dem Urlaub zurückgekommen? Dabei hatte er Eeneke schon vor Wochen in ein Gespräch verwickelt, um zu erfahren, wie lange sie fort bleiben würden. Er wunderte sich immer wieder, dass sie überhaupt noch mit ihm sprach. Bei all dem, was er ihr im Laufe der vergangenen Jahre angetan hatte, würde er kein Wort mehr mit so jemandem gesprochen haben. Er verachtete sie dafür.
Damals sagte er zu ihr: „Vier Wochen sollte man schon in die Ferien fahren, um sich so richtig zu erholen.“
Eeneke hatte diese Aussage bestätigt, und er war davon ausgegangen, dass sie auch so lange fortblieben. Ein fataler Fehler. Er sah es ein. „Was mache ich nun? Das gibt sicher fürchterlichen Ärger.“
Bereits jetzt reuten ihn die finanziellen Einbußen, denn er hatte die letzten beiden Sommer die gesamte Familie eines höheren Beamten der Kreisverwaltung kostenlos zur Erholung zu sich eingeladen. Es war ganz einfach gewesen. Er hatte zufällig erfahren, wie stark bronchienkrank der kleine Sohn dieses Beamten war. Rainer Mase konnte dem Mann klar machen, dass er es als seine Menschenpflicht ansah, kostenlos für die Genesung solcher bedauernswerter

Kinder zu sorgen. Angeblich tat er so etwas jedes Jahr für irgendein Kind. Diese Begründung schluckte der Kreisbeamte, der zufällig im Bauamt saß, und begab sich somit in die Anhängigkeit Mases. Wie leichtgläubig doch manche Menschen waren.
Nach Beendigung der Baumaßnahme, wenn Eeneke van Dellen erwartungsgemäß Widerspruch gegen seinen Anbau einlegen würde, hätte Rainer sich vertrauensvoll an diesem Mann gewand, ihn an seine kostenlosen Tage auf der schönen Insel Borkum erinnert und ihn gezwungen, eine nachträgliche Genehmigung zu erreichen. Alles war gut geplant. Doch nun musste er sich schnell etwas anderes einfallen lassen.
Noch bevor Rainer sich etwas ausdenken konnte, um fürs erste dem Dilemma zu entkommen, stürmte auch schon Eeneke zur Tür herein. Sie schäumte vor Wut. „Bei mir kommst du damit nicht durch, das sage ich dir", schnauft sie ihn wütend an.
Wenn mir nur schnell etwas einfallen würde, dachte Rainer. Eenekes Gesichtsausdruck machte ihm Angst und Bange. Wenn sie jetzt handgreiflich werden würde, wüsste er nicht, was er machen sollte. Nur nicht schlagen, dachte er.
Automatisch fiel Rainer in die Rolle, die ihm in aussichtslosen Situationen oft geholfen hatte. Er spielte erst einmal den Ahnungslosen und Unschuldigen. „Ich weiß gar nicht, was du meinst."
„Du glaubst wohl, ich bin blind. Den Anbau, den du da baust, ist verboten, das weißt du ganz genau."
Sie sagte das so selbstsicher, garantiert hatte sie schon weitere Schritte eingeleitet, dachte Rainer und Panik überfiel ihn.
Als wäre ein bestimmtes Stichwort gefallen, kam ihm ein Gedanke und Rainer fand seine Dreistigkeit zurück. „Das wird kein Anbau, das wird eine Gartenmauer." So, nun war

die Lüge raus. Rainer musste jetzt nur noch seine Fühler zur Kreisverwaltung ausstrecken, an die schönen Urlaubstage erinnern und die Angelegenheit in diesem Sinne regeln. Alles würde bestens laufen, dachte er arrogant, als Eeneke sein Haus verließ.

Rainer ließ sich zufrieden in seinen Lieblingssessel gleiten, die Beine zitterten noch leicht, er versuchte es zu ignorieren. Er hatte wieder triumphiert, er fühlte sich pudelwohl. Wieder einmal hatte er seiner Nachbarin eins auswischen können.

Schmunzelnd dachte er daran, wie oft er ihre Gäste direkt vor ihrer Haustür wegschnappte, indem er den Leuten Eenekes Pension schlecht machte, nur um sie dann in seinem eigenen Haus zu beherbergen. Oder wie er ihr das Gesundheitsamt auf den Hals gehetzt hatte, weil angeblich ihre Küche schmutzig war. Gut war auch, die Herren von der Bauaufsichtsbehörde aus ihrem Haus kommen zu sehen. Wie er nachher erfahren hatte, waren zwar ihre Feuerlöscher in Ordnung gewesen, aber beleuchtete Fluchtschilder fehlten. Die hatte er auch nicht.

Eeneke bat in den folgenden Tagen jeden Menschen um Hilfe, der ihr in den Sinn kam. Dann endlich, nach tagelangen Telefonaten, Behörden- und Polizeibesuchen und der Hilfe ein paar guter Freunde war es ihr gelungen, dass die Baumaßnahmen eingestellt wurden. Auf dem gemeinsamen Hof steht bis heute diese „Gartenmauer“.

Ende 1990

Es war fast Mitternacht geworden. Eeneke van Dellen und ihr neuer Nachbar saßen immer noch gemütlich bei einer Flasche Wein zusammen, als Eeneke mit ihrer Familiengeschichte langsam zum Ende kam.

Den ganzen Nachmittag, bei mehreren Tassen Tee und einem anschließenden gemeinsamen Abendessen, hatte Eeneke erzählt.

Jetzt war ihr Hals ganz trocken vom vielen Reden. Es hatte ihr gut getan, jemandem einmal alles zu berichten und Jan Schol war ein wirklich guter Zuhörer.

„Ja“, sagte Jan Schol und griff nach seinem Glas. „Nachbarn können einem schon das Leben zur Hölle machen.“ Er nahm einen kleinen Schluck. „Sicherlich gab es da noch so manche Dinge, die er angestellt hat, von denen Sie nichts wissen.“

Eeneke schaute ihn fragend über den Rand ihres Glases hinweg an.

„Na, ja“, sagte Schol, „auch ich habe so mancherlei über den Herrn Mase gehört. Ich muss sagen, es war nichts Gutes dabei.“ Lächelnd leerte er sein Glas.

„Nun, es waren viele, aber vergleichsweise kleine Gemeinheiten, im Verhältnis gesehen zu dem ‚Mauerbau‘“, sagte Eeneke.

„Sie sind zu bescheiden. Wenn von all den Geschichten, die ich gehört habe, nur die Hälfte stimmt, ich glaube, ich hätte meinem Nachbarn schon längst den Kopf abgerissen.“

„Das sagt sich so leicht“, erwiderte Eeneke und fügte schmunzelnd hinzu: „Ich hatte ja meine Revanche.“

Gemeinsam lachten sie, als sie an die Zwangsversteigerung dachten.

„Ich glaube, es kommt eine schwere Zeit auf mich zu", sagte Schol. Eeneke schaute ihn fragend an.
„Nun, so wie Sie mir Ihre Rolle in der Pensionsvermietung geschildert haben, scheint das sehr viel schwieriger und unangenehmer zu sein, als ich es mir vorgestellt hatte. Ich kenne nur die andere Seite, die des Gastes."
Eeneke nickte. Es war falsch, nur negativ über die Pensionsvermietung und Gäste zu reden. Das war nicht in ihrem Sinn und entsprach auch nicht der Wahrheit. „Wissen Sie, bei den Schilderungen über die Badegäste habe ich einseitig berichtet. Es tut mir leid, wenn ich den Eindruck erweckt habe, es sei alles nur negativ."
„Nein", fügte sie nach einigen Sekunden mit Nachdruck hinzu. „Die Arbeit für und mit dem Gast ist eine schöne Arbeit. Zum Glück ist nur ein verschwindend geringer Teil der Gäste so, wie ich sie beschrieben habe. Dadurch ist ein falscher Eindruck entstanden, und der sollte so nicht im Raume stehen bleiben. Wissen Sie, die Arbeit bringt viel Freude, sonst hätte ich mir sicherlich in all den Jahren etwas anderes gesucht. Es ist schön zu beobachten, wenn der Gast von Tag zu Tag erholter aussieht. Ein gutes Gefühl ist es, wenn der Gast nach einem Jahr wieder bei Ihnen wohnt, weil er im letzten Urlaub zufrieden war. Und wenn er dann zum Stammkunden wird, gehört er fast zur Familie und man freut sich richtig, das vertraute Gesicht in der nächsten Saison wieder zu sehen. Ich habe wirklich viele schöne Stunden mit meinen Gästen verbracht, die ich nicht missen möchte. Jetzt habe ich aber genug von mir erzählt", sagte sie und lehnte sich in ihrem Sessel zurück. „Von Ihnen weiß ich ja nun noch gar nichts."
Schol goss sich selbst noch ein wenig Wein nach, betrachtete versonnen den Inhalt des Glases und sagte dann: „Was ich Ihnen jetzt erzähle klingt fürchterlich kitschig. Ja schlim-

mer noch, wie der Schluss eines schmalzigen Romans“, fügte er hinzu.
Eeneke antwortete nicht, sie blickte ihn nur interessiert an.
„Der Kreis schließt sich. Ich bin in Amerika geboren. Kurz nach Ende des Krieges sind wir wieder nach Deutschland zurückgekommen. Meine Mutter hat oft von Borkum gesprochen. Sie war nur einen Tag auf dieser Insel, und doch, so sagte sie immer, hat dieser eine Tag ihrem Leben eine andere Wendung gegeben. Es war immer ihr Lieblingsthema und so brachte sie mir die Insel nah, die ich liebte, noch bevor ich sie zum ersten Mal sah. In den vergangenen Jahren habe ich oft meinen Urlaub hier verbracht und fühle mich hier sehr wohl.
Jetzt, da ich das Haus nebenan erworben habe, werde ich bald ganz hier bleiben. Meine Frau ist schon recht aufgeregt und hat den Umzug bereits gedanklich durchgeplant, obwohl es sicherlich noch einige Wochen dauern wird. Unsere Kinder haben leider nicht vor, uns zu begleiten. Nun, sie sind erwachsen, sie haben beide eine gute Arbeitsstelle und sind auf dem besten Weg, eine eigene Familie zu gründen.
Um wieder auf meine Mutter zurückzukommen! Wissen Sie, ich mag es gar nicht sagen.“ Nach einer langen Pause sprach er leise weiter. „Meine Mutter hieß Anna. Anna Rosenberg. Die, die von ihrer Tante Ida mit dem Segelboot aufs Meer gebracht wurde. Als Sie ihren Namen in Ihrer Geschichte erwähnten, wollte ich es erst gar nicht glauben, so unwahrscheinlich erschien mir der Zufall. Aber ich finde, der Gedanke hat etwas Schönes, dass uns die Geschehnisse der Vergangenheit in so positiver Weise verbindet.“
Eeneke lächelte zustimmend.
„Es ist wirklich ein unglaublicher Zufall. Warum haben Sie nicht schon früher, als Sie Ihre Urlaube auf Borkum

machten, nie versucht, die Leute ausfindig zu machen, die Ihre Mutter damals geholfen haben? Ich kann nicht glauben, dass Sie das nicht interessiert hat", fragte Eeneke.
„Meine Mutter konnte bis ins kleinste Detail das kleine Segelboot, Idas Fahrrad, die Landschaft und das Meer beschreiben. Natürlich auch den Zwischenfall mit dem Jungen, der ins Wasser fiel. Aber leider hatte sie ein schlechtes Namensgedächtnis. Sie konnte sich an keinen der Namen mehr erinnern." Hierbei machte Schol für einen flüchtigen Augenblick den Eindruck, als müsse er sich hierfür entschuldigen. Statt dessen erhob er feierlich sein Glas und schaute Eeneke an.
„Auf gute Nachbarschaft!" Die Ränder ihrer Gläser klirrten aneinander.
„Bestimmt! Bei unserer Vorgeschichte haben wir die besten Aussichten darauf."

Stammbaum der Familien Kivit und Mase

Athe Kivit und Fenna Kivit
* 1834 * 1847

Hidde Kivit Imke Kivit
* 1869 * 1877 geb. Schneider

Hinderk Kivit * 1905 verh. mit Helene	Ida Kivit * 1906	Enno Kivit * 1908

Eeneke van Dellen
*1930 geb. Kivit

Anja Silke Heiko

Dirk Mase Maria Mase
* 1860 * 1861

Johannes Mase
* 1880

2 Geschwister Rainer Mase
* 1923

Wörterverzeichnis

Pütte	- Regenwasserauffangbecken / Zisterne
Südwester	- Regenhut
Tampen	- Taue / Seile
Sommerküche	- wird nur im Sommer genutzt, wenn Badegäste im Haus sind
Pyrola	- seltene Inselblume, aus der Parfüm gewonnen wird
Buttjen	- Fischfang im Watt (Butt / Scholle)
Magepien	- Magenschmerzen
Min Mase was as'n umgestülpte Hanske	- Mein Hintern / Po war wie ein umgestülpter Handschuh